U0130932

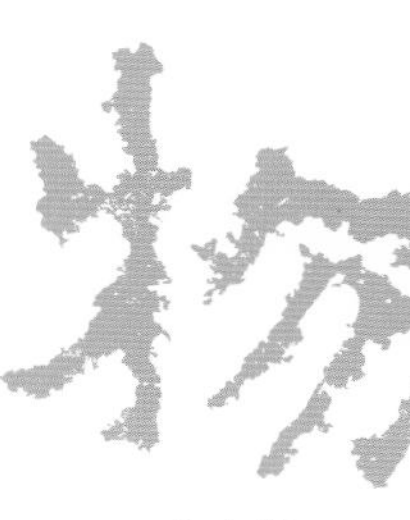

從古典到現代的文學「物」語

鄭穎 著

一、賞玩的源流

墨經
晁氏著
周履靖校正
金陵書林梓
松
古用松煙石墨二種石墨自晉魏以後無聞松
煙之製尚矣漢貴扶風隃麋終南山之松蔡質
漢官儀曰尚書令僕丞郎月賜隃麋大墨一枚
小墨一枚晉貴九江廬山之松衛夫人筆陣圖

1-3
1-2 1-1

1-1 宋・晁氏《墨經》
1-2 明 端石雲龍九九硯（國立故宮博物院藏品）
1-3 宋・李唐 萬壑松風圖（同上）

1-4

1-5

1-6-2 1-6-1

1-4　東晉・顧愷之　洛神賦圖（國立故宮博物院藏品）

1-5　東晉・顧愷之　女史箴圖（現藏於大英博物館）

1-6-1 五代南唐・顧閎中畫韓熙載夜宴圖卷（國立故宮博物院藏品）

1-6-2 明・唐寅畫韓熙載夜宴圖軸（同上）

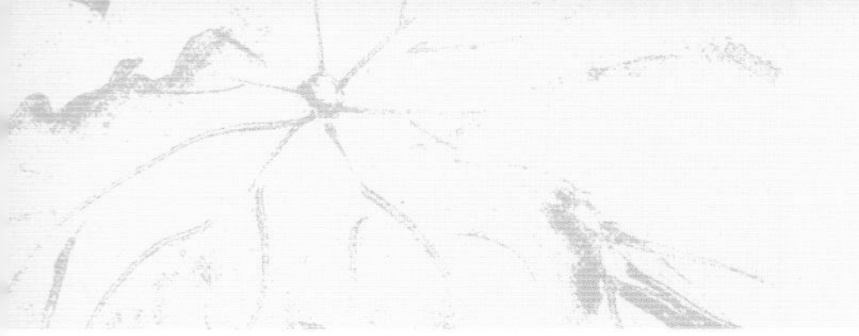

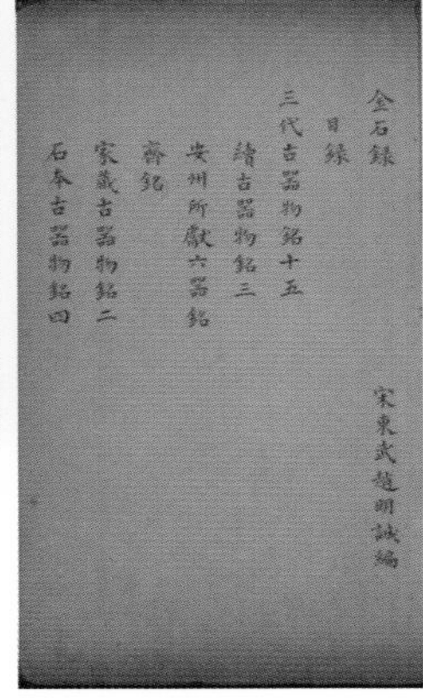

金石錄

目錄

三代古器物銘十五

續古器物銘三

安州所獻六器銘

齋銘

家藏古器物銘二

石本古器物銘四

宋東武趙明誠編

1-7 1-9 1-8 1-10

1-7　五代・王齊翰　勘書圖（國立故宮博物院藏品）

1-8　宋　無款人物（同上）

1-9　宋徽宗　文會圖（同上）

1-10　宋・趙明誠　金石錄目錄（同上）

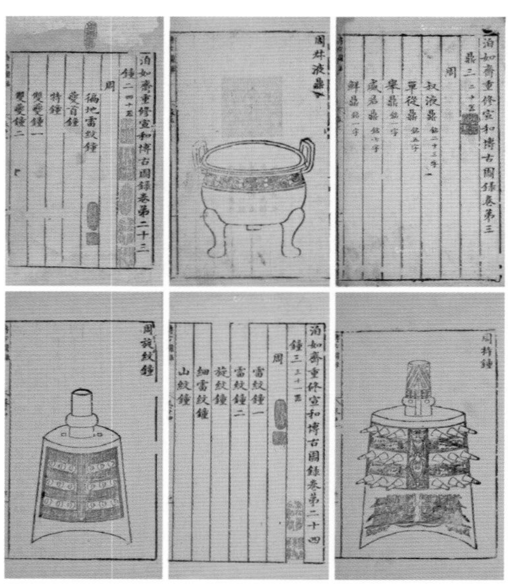

泊如齋重修宣和博古圖錄卷第二十三
鐘二 四十五
周
徧地雷紋鐘
受旨鐘
特鐘
夔龍鐘一
夔龍鐘二

周叔液鼎

泊如齋重修宣和博古圖錄卷第三
鼎三 二十五
周
叔液鼎 銘二十三字 一
單從鼎 銘五字
季鼎 銘一字
咸君鼎 銘七字
鮮鼎 銘一字

周旋紋鐘

泊如齋重修宣和博古圖錄卷第二十四
鐘三 三十二
周
雷紋鐘一
雷紋鐘二
旋紋鐘
細雷紋鐘
山紋鐘

周特鐘

1-11 宣和博古圖
1-12 晉 王興之夫婦墓出土 鸚鵡螺杯
1-13 宋・趙伯驌 風檐展卷（國立故宮博物院藏品）

1-14	
1-16	1-15

1-14 南宋至元 玉荷葉洗（國立故宮博物院藏品）
1-15 北宋 汝窯 青瓷蓮花式溫碗（同上）
1-16 清 乾隆 雕茄楠木香山九老（同上）

晴空掛月

萬里收纖雲　一鈎懸碧落
缺圓無定時　人間幾愁樂

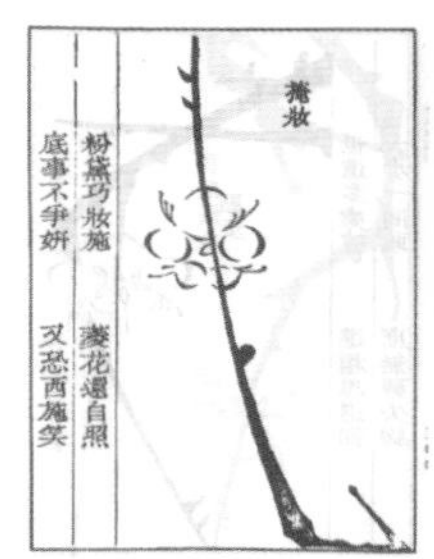
擁妝

粉黛巧妝施　菱花還自照
底事不爭妍　又恐西施笑

1-17 清　乾隆 白玉雕直紋爐瓶盒組（國立故宮博物院藏品）
1-18 宋・宋伯仁 梅花喜神譜（國立故宮博物院善本古籍資料庫）
1-19 北宋 汝窯 青瓷無紋水仙盆（國立故宮博物院藏品）

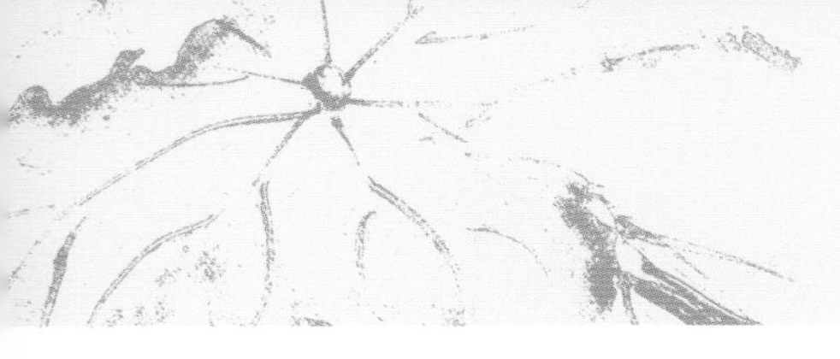

二、賞翫文化與商業意涵

2-3 2-1
2-4
2-2

2-1　明　杜堇玩古圖（國立故宮博物院藏品）
2-2　清　青白玉直紋貫耳小瓶（篆香用）（同上）
2-3　北宋・范寬 谿山行旅（同上）
2-4　宋徽宗 穠芳依翠詩帖（同上）

2-5 東晉・王羲之 快雪時晴帖（國立故宮博物院藏品）
2-6 元・倪瓚 江岸望山圖（同上）
2-7 元・倪瓚 江亭山色（同上）

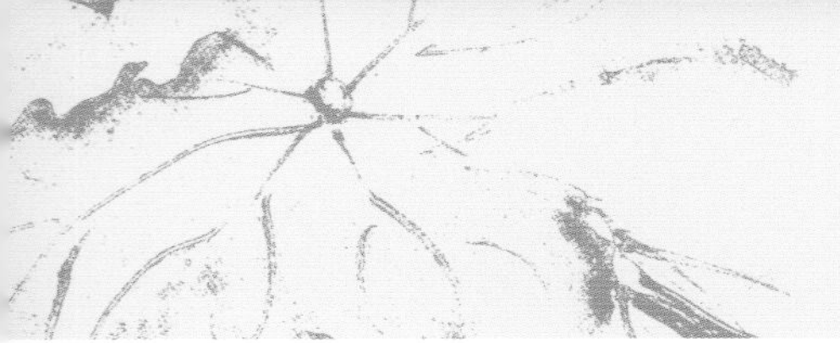

2-8

2-9 2-10

2-8 （傳）宋・張擇端 清明易簡圖（國立故宮博物院藏品）
2-9 明 成化 鬥彩雞缸杯（同上）
2-10 清 雍正 琺瑯彩瓷青山水碗（同上）

三、寫物言志

3-1	3-2
	3-3
3-4	

3-1　魯迅舊藏　隋唐女樂俑
3-2　魯迅舊藏　明青花壽字瓷碗
3-3　魯迅舊藏　明代福祿壽禧銅鏡
3-4　魯迅舊藏　魏晉陶豬

3-5
3-6 3-7
3-8 3-9

3-5　魯迅舊藏　漢石刻畫像（河南建鼓舞樂）

3-6　（英）惠勒版畫　金魚

3-7　（德）凱綏 珂勒惠支版畫　麵包

3-8　（蘇聯）畫家亞歷克舍夫　母親

3-9　（俄）陀蒲晉斯基版畫　窗

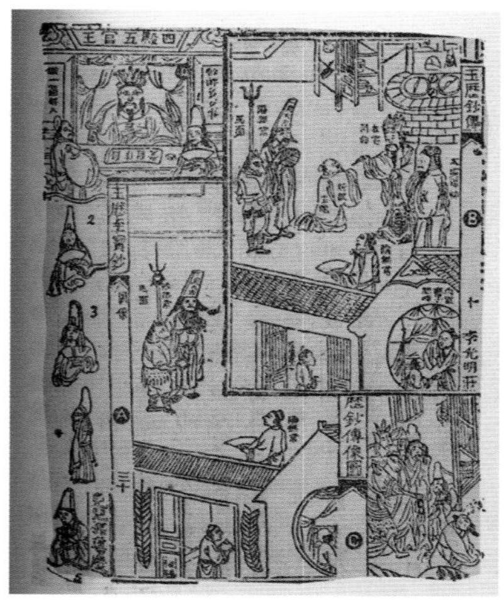

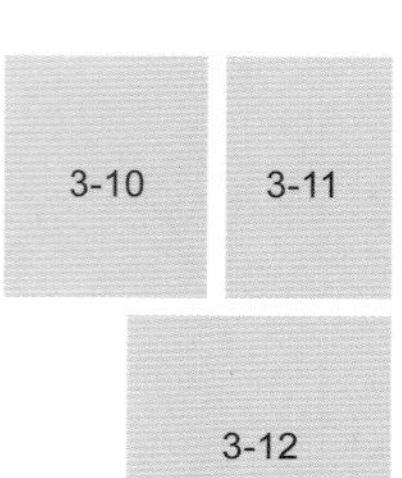

3-10 魯迅 朝花夕拾插圖
3-11 魯迅手繪 老萊娛親圖
3-12 十竹齋箋譜 清供

四、自逃遁到身心安頓

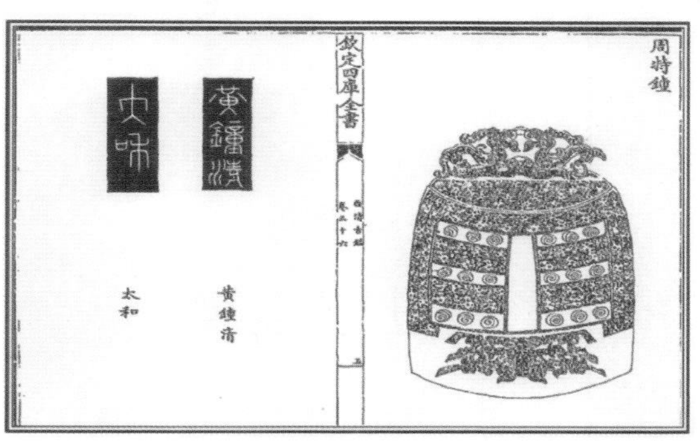

4-1

4-2

4-1　西清古鑑 周特鐘（國立故宮博物院善本古籍）
4-2　唐　海獸葡萄鏡（國立故宮博物院藏品）

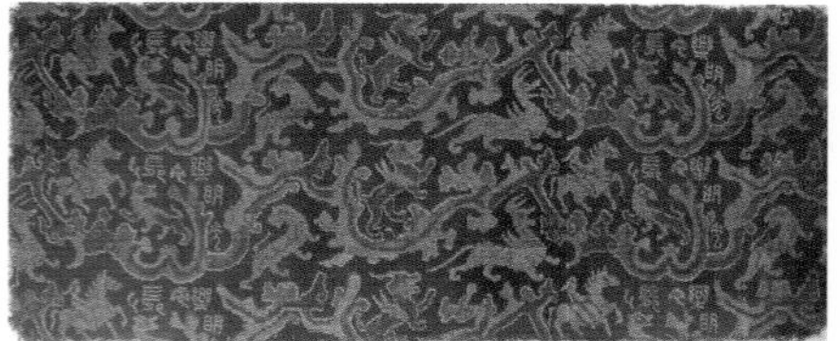

4-3
4-5
4-4
4-6

4-3　明　洪地織金樗蒲龍鳳羅
4-4　唐　夾纈花絹
4-5　漢　「長樂光明」錦
4-6　清　沉香地龜子紋加金錦

五、《天香》，王安憶的上海繁華過眼錄

5-2 5-1 5-5

5-4 5-3 5-6

5-1　程甲本紅樓夢
5-2　宋　沈子蕃緙絲花鳥（國立故宮博物院藏品）
5-3　露香園顧繡一
5-4　露香園顧繡二
5-5　清　改琦《紅樓夢圖詠》
5-6　清　孝賢純皇后繡花卉火鐮荷包（國立故宮博物院藏品）

6-1-2	6-1-1
6-2-1	6-1-3

6-1-1 元・張成款 剔犀雲紋圓盒（董橋：《故事》，p.193）
6-1-2 明・萬曆 剔紅荔枝喜鵲印匣（董橋：《故事》，p.183）
6-1-3 明 剔紅牡丹相盒（董橋：《故事》，p.176）
6-2-1 清 紫檀嵌螺鈿錯銀報春盒（董橋：《故事》，頁169。）

6-2-3	6-2-2
6-3	6-4

6-2-2 清　黃花梨官皮箱（董橋：《青玉案》，p.118後插頁）
6-2-3 清　嵌玉八角形木匣多寶格（國立故宮博物院藏品）
6-3　魯迅舊藏　松華齋花卉箋（陳半丁稿）
6-4　臺靜農　紅梅圖（董橋：《故事》，p.43）

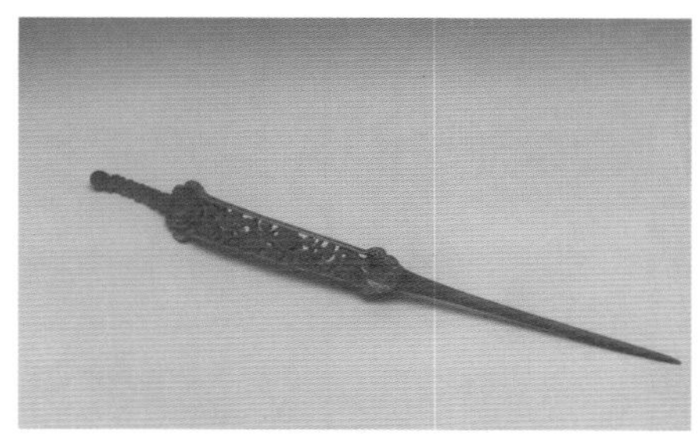

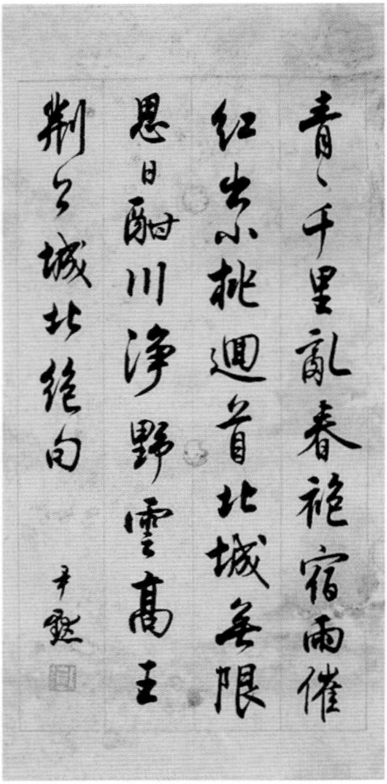

6-5	6-8
6-6	
6-7	

6-5　清　伽楠鑲嵌金絲鏤空花卉蝙蝠耳挖（國立故宮博物院藏品）
6-6　良渚文化玉環兩款（董橋：《故事》，p.23）
6-7　清　黃花梨嵌百寶花鳥筆筒（董橋：《記得》，p.256後插頁）
6-8　沈尹默　書法小品（董橋：《故事》，p.199）

6-11 6-10

6-9

6-9　元・趙孟頫　鵲華秋色（國立故宮博物院藏品）
6-10 潘素《岸容山意》（董橋：《故事》，p.107）
6-11 陸小曼一九四三年《晚渚輕烟》（董橋：《故事》，p.1）

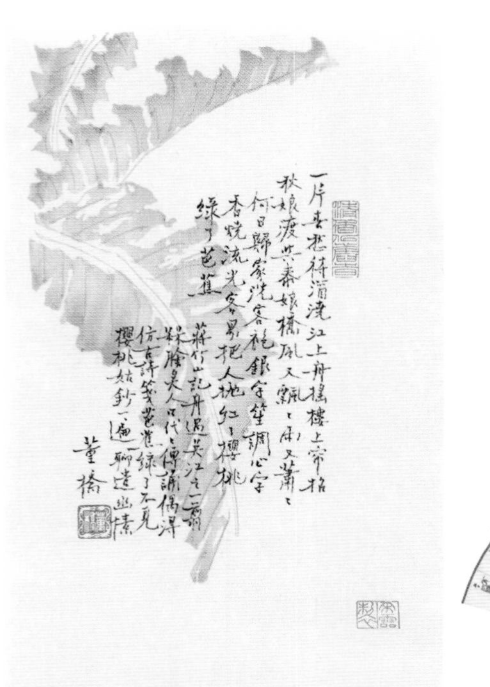

6-12 董橋書「蔣捷 一剪梅」（董橋：《字裏相逢》，p.27）
6-13 大明嘉靖年款剔紅雲龍圓盒（董橋：《青玉案》，p.118後插頁）
6-14 溥雪齋舊藏集錦扇（董橋：《故事》，p.157）

依於仁　游於藝

目錄

壹、文學「物」語

——從玩物喪志到博古清翫

唐代張彥遠著《閑居受用》記錄過眼書畫，言物品評，文藻華美，開啟賞玩書寫既載物又載情、既藝術又文學的洞天福地。北宋初年，賞翫鑑賞之事更見諸著作。收藏家蘇易簡，精於鑑賞，曾奉宋太宗之命尋訪蒐購前朝流散各地的書畫名品，著作《文房四譜》，以敘述與存錄為重點，雖少個人議論與感受，然其上承張彥遠論究書畫的體例，一絲不苟的嚴謹著書態度，為之後的賞玩書寫做了極佳示範。及至趙希鵠的《洞天清錄集》，則可稱是明代文震亨《長物志》之前最重要的一部賞玩文學著作，是書所論皆鑒別古器物之事，大抵洞悉源流，辨析精審。體例承前，精錄賞玩文物，而可貴之處在於浸淫之深，又癡又專，情思綿緲，文筆細膩華麗，將賞玩書寫一類由單純著錄帶至文學之境，直如優美小品。

由唐入宋，賞玩文化日漸成形，文學書寫的專論專書紛然出現，藝術畫作中大量的賞玩題材，更是全面反應了此一流行。而引起我們注意的是，宋代畫人畫物構局明顯變化：伴隨人物而有的「物」，不再僅僅只為表現某一人物在某一時空的行為，如何藉畫作全面且完整真實地存活文人形象與生活，人物畫的內容由簡單而越見繁麗。以「勘書」、「文會」、「雅集」為主題的畫作，不只存真保留了當代的物，亦充分展現文士風雅的清賞行為，是「畫物」的新主題趨勢。

此類畫作中，畫家不再只是象徵性地使用一物，而是由簡入多，至真至繁地描繪文人書房，這現象與北宋初期正在興起中的「賞玩文化」及理學思潮有關。在理學引領學術的風氣下，二程標榜誠意正心、格物致知，宋代以考據、考釋、考古為要的金石之學因此較前代更為勃興。上層提倡經學，恢復禮制；墨拓術及印刷術的發展，為金石文字流傳提供了條件。文人收集、整理和研究古物，著述輔以圖錄，對於集成和歸納古器物的體例，大有建樹，清賞絕非喪志，理學為「玩古」正了名。

於是，從「玩物喪志」到博古清翫，畫家「以畫載物」，文人小品寫物述情，書畫與文學，同步留存了一個正在興起中的「賞玩」文化景觀。

一、唐代到宋代的賞玩文學著作及畫作

明窗淨几羅列，佈置篆香居中，佳客玉立相映。時取古人妙跡，以觀鳥篆蝸書，奇峰遠水。摩娑鐘鼎，親見商周。端硯湧巖泉，焦桐鳴玉佩。不知人世所謂受用清福，孰有逾此者乎？

——宋．趙希鵠《洞天清祿集》序[1]

大唐張彥遠，出生三世宰相門第，家族歷代喜好藝術收藏與鑑賞，其藏品幾乎可與皇室媲美，此出身教養，使張彥遠在書畫理論和書畫史研究上有極佳展現。《新唐書》贊彥遠「博學有文辭」，其書畫著錄品評不僅寫形言物，更重視形似之外的氣韻與自然神妙，堪稱中國書畫專門理論的締基之作，其華美文藻，亦開啟賞玩書寫既載物又載情、既藝術又文學的洞天福地。[2]

《閑居受用》原書早已不傳，然其戀迷賞鑒的情狀，在《歷代名畫記》仍可得見：「余自弱年鳩集遺失，鑒玩裝理，晝夜精勤，每獲一卷、遇一幅，必孜孜葺綴，竟日寶玩。可致者必貨弊衣、減糲食，妻子僮僕，切切嗤笑，或曰：『終日為無益之事，竟何

補哉？』既而歎曰：『若復不為無益之事，則安能悅有涯之生？』是以愛好越篤，近於成癖。每清晨閑景，竹窗松軒，以千乘為輕，以一瓢為倦。身外之累，且無長物；唯書與畫，猶未忘情。既頹然以忘言，又怡然以觀閱。常恨不得竊觀御府之名跡，以資書畫之廣博。」[3]面對書畫文物，可以孜矻其中，可以寶玩竟日，其虔誠考鑑，可以日夜鑽精，亦可樂而忘憂。

北宋初年，賞翫鑑賞之事更見諸著作。收藏家蘇易簡，精於鑑賞，曾奉宋太宗之命尋訪蒐購前朝流散各地的書畫名品。米芾曾言蘇氏家族「四世好事有精鑑」者，著作《文房四譜》以筆、墨、紙、硯譜各卷討論文房雅玩（圖 1-1）。[4]其書體例首先敘事，次講製作，三是雜說，四為辭賦；前二譜說明定義、沿革、產地及製造技術，雜說在講述典故和軼聞，辭賦則匯集讚詠文房四寶相關的詩詞，如《文房四譜》卷三：硯譜，一之敘事即言：「昔黃帝得玉一紐，治為墨海，云其上篆文曰：帝鴻氏之研，又，太公金石匱硯之書曰：石墨相著而黑，邪心讒言得無污白，是之硯其來尚矣。釋名云：硯者，研也，可研墨使和濡也。」（圖 1-2）隨即載錄自魯國孔夫子古硯、晉武帝青鐵硯、魏武御用純銀參帶臺硯等等。二之造、三之雜說，記硯材工藝與古今圖書所述相關知識。四之辭賦則序列詠硯辭賦，自傅玄、楊師道、李賀、韓愈、貫休、劉禹錫等皆在其中。如李賀的〈青花紫硯歌〉：「端州石工巧如神，踏天磨刀割紫雲。傭刓抱水含滿唇，暗灑萇弘冷血痕。紗帷晝暖墨花春，輕漚漂沫松麝薰。乾膩薄重立腳勻，數寸秋光無日昏。圓毫促點聲清新，孔硯寬頑何足云。」[5]便是後世論硯評石必定引用的明句。由內容看來，《文房四譜》以敘述與存錄為重點，較少個人議論與感受，然其上承張彥遠論究書畫的體例，一絲不苟的嚴謹著書態度，可謂其後賞玩書寫的極佳示範。

趙希鵠的《洞天清錄集》，則可稱是明代文震亨《長物志》之前最重要的一部賞玩文學著作。《賞延素心錄》評：「蓋古人留心遊藝，不欲苟簡如是，若收藏之法，如趙希鵠洞天清錄所載，亦可謂之詳且密矣。」[6]如前所述，是書所論皆鑒別古器物之事，凡古琴辨三十二條，古硯辨十二條，古鐘鼎彝器辨二十條，怪石辨十一條，硯屏辨五條，筆格辨三條，水滴辨二條，古翰墨真跡辨四條，古今石刻辨五條，古今紙花印色辨十五條，古畫辨二十九條，大抵洞悉源流，辨析精審。體例承前，精錄賞玩文物，而可貴之處在於浸淫之深；又癡又專，情思悠緲，文筆細膩華麗，將賞玩書寫一類由著錄帶至文學之境，直如優美小品。如「古墨翰真蹟辯」：

東坡草聖得意，咄咄逼顏魯公。山谷乃懸腕書，深得蘭亭風韻，然行不及真，草不及行。子美乃許公之孫，自有家法，草聖可亞張長史。淮海專學鍾王楷，姿媚遒勁可愛。龍眠於規矩中時見飄逸，綽有晉人風度。

南宮本學顏，自成一家，於側掠拏趯動，循古法度，無一筆妄作。[7]

身處宋代，論當時諸家之筆，文字如書法筆意，時縱時潤，深具散文夾議夾情特質，如「古畫辨」論李成山水：

李營丘作山水，危峰奮起，蔚然天成。喬木倚磴，下自成陰，軒甍閑雅悠然，遠眺道路窈窕，儼然深居。用墨頗濃而皴晰分曉。凝坐觀之，雲煙忽生；澄江萬里，神變萬狀。余嘗見一雙幅，每對之，不知身在千巖萬壑中也。[8]

閱讀該文，與作者同入山水畫的可觀可遊之境，其悠然忘我，正是宋人縱情文物的快適之意，今日回望此類巨碑山水，如李唐〈萬壑松風圖〉，仍讓人直入其境，大器恢弘。（圖 1-3）

由唐入宋，賞玩文化日漸成形，文學書寫的專論，即有上述幾書，藝術畫作中大量的賞玩題材，更是全面反應了此一流行。而引起我們注意的是，宋代畫人畫物構局明顯變化：伴隨人物而有的「物」，不再僅僅只為表現某一人物在某一時空的行為，如何藉畫作全面且完整真實地存活文人形象與生活，人物畫的內容由簡單而越見繁複。

早期繪畫發展中，在山水畫仍處於尋思如何擺脫單線侷限的過程，人物、故事畫，畫人、畫「物」方式，早已掌握如實呈現的技巧，那是山水題材尚未主導中國繪畫的時代。傳為東晉顧愷之所繪的《洛神賦圖》（圖 1-4），人物與故事是主體，山水用以區隔情節，畫家尚未掌握以筆墨表現真實山水的能力，於是出現人大於山樹的突兀畫面。又，現今所見唐代絹臨本《女史箴圖》（圖 1-5），連環漫畫似地圖組方式，描繪後宮女子的完美典範，並於每組圖區間，節錄張華〈女史箴〉內容於畫面上，文字在此既是箴語，也似圖解。長達二百四十五公分的長卷中，山水亦是區間隔屏，在《女史箴圖》中僅占九分之一，人物是主體，而為表現人物行為，畫面中充置了許多物：黑漆紅幔的轎、張臂馳滿欲射烏兔的弩、鏡架、銅鏡、鬃漆妝盒、帷床等。其中一段，女官攬鏡梳妝，鏡台兀立於身前，畫面用以箴戒：「人咸知飾其容，而莫知飾其性。性之不飾，或愆禮正。斧之藻之，克念作聖。」無背後場景，僅人與物來呈現動作行為的圖畫方式，已然十分鮮活。相較於畫家在真實呈現自然山水的實驗過程中未能掌握的比例問題，或線條該如何傳達立體感等問題。人物肖像畫，雖然同樣有「求真」的尋索，然而，「擬」或「似」並沒有像山水畫引起這樣大的爭議，精細顯是第一要務，掌握準確的比例與線條，使用複麗色彩與敷白作亮的效果，真實立即出現。

繪成於南唐後主時期的《韓熙載夜宴圖》（圖1-6），則是飲宴享樂、玩物逸樂的極致展現：連續地長卷，五個主題分別由屏風等巧妙自然地隔開，始自琵琶演奏、觀舞，到送別，由主人韓熙載貫串，似一連環圖畫。人物神色生動逼真，細節纖毫畢現，大型傢具，如斜置的床榻、屏風、几案將空間作深化延展；小型器具充塞畫面，如坐墩、牙條、注子和注碗、燭台等，則使縱情聲色的夜宴骨幹情節，添加血肉，寫實如真。[9] 湯垕於《畫鑒》寫道：「李後主命周文矩、顧閎中圖韓熙載夜宴圖。余見周畫二本，至京師見閎中筆，與周事跡稍異，有史魏王浩題字，並紹興印，雖非文房清玩，亦可為淫樂之戒耳。」[10] 韓熙載畏避仕宦之途，藉聲色夜飲以遁；後主命畫家窺其隱私，《夜宴圖》狀物寫景豔麗且綿密，成為縱情賞玩的代表畫作。時至北宋，夜宴此畫嘗因耽樂縱情題材險被毀去，文人歡聚題材，在宋代理性節制的前提下，內容形式亦隨境變化。

五代入宋，以「勘書」、「文會」、「雅集」為主題的畫作，[11] 不只存真保留了當代的物，亦充分展現文士風雅的清賞行為，是「畫物」的新主題趨勢。王齊翰的《勘書圖》（圖

1-7）描繪文士勘書之景[12]：畫中文士書卷舒展案上，衣服線條圓勁又帶轉折、頓挫流漫而下，微略翹起的足尖，呼應側頭挑耳斜目勘書的神態，十分怡然愜意。屏風前，長榻上有書冊、畫卷、琴囊等「物」，與此挑耳勘書情境，同時放置在一座大型三疊山水屏風之前，屏風畫面層巒蒼翠，林木鬱蓊；雖在書房，卻如在山林，有清風徐來的快意。另一幅曾於臺北故宮博物院「千禧年宋代文物大展」展出的《宋人人物冊》（圖1-8），亦有類似情境：巨幅屏風前，頭戴束冠的文士單腿盤坐榻上，一手執筆，一手微微抬起書卷，衣帶舒暢而下，踩腳墊上一隻鞋閑置著，肌肉線條柔和、自然側頭正看小僕執壺斟酒。環繞畫面有榻、鶴膝棹、案桌上，有琴、棋、書、畫，蓮形紅爐、紗罩茶盞，砌疊片石上鮮活盆玩正供花。屏風上繪汀渚水鳥，蒹葭蒼蒼，未著窗欄邊界，文人與其雅好之物同在，更顯天寬地闊、恬適澹然。[13]

而徽宗的《文會圖》（圖1-9），空間由書房移至戶外園林，獨樂樂奮為眾樂樂，是由夜宴轉型至園林形式的文人「雅會」題材的經典畫作。此圖青綠設色，摹繪始自唐太宗的「十八學士」題材，兩棵茂密參天巨木下，文士環桌机凳上坐，或交談，或顧盼，或獨酌靜賞，氣氛高雅閑適，桌上有果品清茶、各式茶盞器皿。道君皇帝趙佶於上題：「儒林華國古今同，吟詠飛毫醒醉中，多士作新知入彀，畫圖猶喜見文雄。」[14]耽顧縱情逸樂，荒顧江山的他，在畫中顯露企慕太宗的廣納天下才士之情，然而，圖中定窯、青白瓷器，物物具備、樣樣寫真。[15]名為「文會」，人物與聚會形式不過聊呈老套，玩物寫真中如實畫出杯具器皿桌凳，展現出晚唐迄宋，因物質越繁，文人賞玩文化越隆的現象。

前述幾幅文會、雅集畫作中，畫家不再只是象徵性地使用一物，由簡入多，至真至繁地描繪文人書房、夜宴場合中的物，除了幾乎可逐一對照當代真實存有的文物（如出土墓壁、現存文物），大量置入畫面的物，「擠滿物體」顯然可使畫中人的所在所為所思，更為彰顯，如同文學之以文字填充大量細節，重現當下或某一空間。[16]尤其入宋之後的求真繪畫理論，與精審博古的研究態度，畫家「以畫載物」，文人小品寫物述情，書畫與文學，同步留存了一個正在興起中的「賞玩」文化景觀。

二、從「玩物喪志」到文雅清翫

《宋史》列傳第九十九，記有哲宗皇帝召宰執、講讀官讀《寶訓》，宰相呂大防舉述「祖宗家法」一事：

自三代以後，唯本朝百二十年中外無事，蓋由祖宗所立家法最善，臣請舉其略。……至於虛己納諫，不好畋獵，不尚玩好，不用玉器，不貴異味，此皆祖宗家法，所以致太平者。[17]

北宋結束晚唐五代亂世，為了避免前朝藩鎮之禍，中央極權並握軍權，為漕運與糧食輸送便利，立都汴京；上以掌控北方軍隊，南擁水鄉富庶之地，城市與商業經濟繁茂，達到前所未有之境。官營與民間手工製品的精良發展，亦超出前代，由上而下，日用奢華，早已不是立國之初、祖宗家法所能禁縛。加以偃武修文，重用儒士，清雅且復古的士大夫美學主導之下，從住宅、服飾、器用，到文房，無一不奢華。孟元老《東京夢華錄》、周密《武林舊事》、耐得翁《都城紀勝》等書，對於當代生活樣貌多所記述。仁宗皇帝時，諸多大臣屢舉祖宗家法、犖犖大端，進言崇簡戒奢為太平之要，如司馬光的嚴詞批評：

內自京城士大夫，外及遠方之人，下及軍中仕伍、畎畝農民，其服食器用，比于數十年之前，皆華靡而不實矣。向之所有，今人見之，皆以為鄙陋而笑之矣。……

嗜欲無極而風俗日奢，欲財力之無屈，得乎哉？……宮掖者，風俗之原也；貴近者，眾庶之法也……故宮掖之所尚則外必為之，貴近之所好則下必效之，自然之勢也。[18]

可見北宋真宗、仁宗朝上下競奢之勢已然出現，此處偶舉一二朝臣議論，皆將批判對象直指宮廷與上層社會，盼能由上而下，節制奢靡風氣。[19]

其實北宋當時正處於一個中國從未經歷、全新的經濟型態，物質富庶，城市商業成形，所謂奢華、奢侈，已遠非傳統社會政治對「奢侈」的慣常定義：「形式上具備奢侈品特徵的物品（由材料到裝飾到工藝製作）作為上層社會的日用消費品，通過禮制所賦予的合法性，通常並不被當作奢侈品看待——因為通過一整套完備的禮制規定，它們在觀念上被處理成了與其身份地位相稱的、理所當然的物品範疇，從而被排除在不正當的『僭越』的奢侈品範疇之外；另一方面，那些打破禮制條規、『以下僭上』的物品，即使並不具備奢侈品的形式特徵，只要是僭越之品即被歸入奢侈品之列。」[20]從擺脫階級意識，還原物的本質意義來看，宋人的奢侈品概念，政治意識與禮制束縛顯然已經趨於薄弱。

因此，奢侈品在此更顯其本質意義，掌握經濟與消費能力的人使用奢侈品，而非階級決定，這已符合現代消費意義。朝廷重臣眾口攸攸所議責擔憂的是，所費不錙的奢侈消費將為已然困窘的宋朝國政帶來何種結果。

奢華，是物質進步的結果，而戒奢的論調來源，除為挽救空虛的國庫外，還與主導宋代思想的理學有關，戒奢與節制慾望論調，正是此一時空背景下，中國哲學長期發展積累下的必然發展。晚唐五代的長年動亂，至北宋建立起統一帝國，進步的生產與科技手工，締造良好的經濟環境。相對地，尋求一強而有力的思想綱領，在此時成為眾家論述的焦點。中唐以來，經過韓愈等人的道統理論、提倡道德性命之學、回歸經典等，至北宋成為主導哲學思想的當代顯學。而其影響，顯然不只在哲學論述層面，今日看來，藝術與文學，也無一不離理學思想體系。

北宋正興的華奢物質環境與「賞玩」行為，在此時，同樣成為理學討論的議題；《尚書．旅獒》：「玩人喪德，玩物喪志」說法，在北宋就被程顥再次提出。大程弟子謝良佐頗以自己的博學強記自豪，程正色告誡：「此可謂玩物喪志！」意在使其勿囿梏其心。又《二程子抄釋卷一》記載：

> 明道先生曰：憂子弟之輕俊者，只教以經學念書，不得令作文字。子弟凡百玩好皆奪志。至於書劄，於儒者事最近，然一向好者，亦自喪志。如王虞顏柳輩，誠為好人則有之，曾見有善書者知道否？平生精力用於此，非惟徒廢時日，於道便有妨處，足以喪志也。[21]

此「物」與當時流行的賞玩之物、或奢侈品，有意義上的差異。大程所謂「玩物喪志」與其理論：「觀天理亦須放開意思，開闊得心胸，便可見。」其實一致。反倒是《書大傳》註解：「以人為戲弄，則喪其德；以物為戲弄，則喪其志。」後者之「物」，更靠近宋時儒臣賦予品德意義於上的「物」。

三、理學影響下的賞玩文化

然而，經由二程提出，「玩物喪志」一詞成為當代及後世返樸戒奢的訓辭，由此可觀見如下現象，即儒學復興下的兩宋理學，亦主導著兩宋畫學與文學。「宋詩以意勝，故精能，而貴深折透闢。唐詩之美在情辭，故豐腴；宋詩之美在氣骨，故瘦勁。」[22]大致不錯。宋代理學家以詩講理，比比皆是，如：

雲淡風輕過午天，傍花隨柳過前川。時人不識餘心樂，將謂偷閑學少年。

——程顥〈偶成〉23

閑來無事不從容，睡覺東窗日已紅。萬物靜觀皆自得，四時佳興與人同。半畝方塘一鑑開，天光雲影共徘徊，問渠那得清如許？為有源頭活水來。

——朱熹〈觀書有感〉24

自然、觀物、悟道，理學思潮牽動著文學表現。尤其「養心」與「格物」二端，又與畫家畫論密不可分。

宋代理學家承繼先秦儒家存心養氣、誠意致知，內以知性知天，外與天地合流的理統涵括。以此驗證宋代畫論，如郭若虛《圖畫見聞志》就說：

嘗試論之，竊觀自古奇蹟，多是軒冕才賢，巖穴上士。依仁遊藝，探賾鉤深，高雅之情，一寄於畫。人品既已高矣，氣韻不得不高；氣韻既已高矣，生動不得不至。所謂神之又神，而能精焉。凡畫必周氣韻，方號世珍。不爾雖竭巧思，止同眾工之事。雖曰畫，而非畫。故楊氏不能授其師，輪扁不能傳其子。繫乎得自天機，出於靈府也。且如世之相押字之術，謂之心印，本自心源，想成形跡，跡與心合，是之謂印。爰及萬法，緣慮施為，隨心所合，皆得名印。矧乎書畫，發之於情思，契之於綃楮，則非印而何？押字且存諸貴賤禍福，書畫豈逃乎氣韻高卑？夫畫猶書也。楊子曰：「言，心聲也。書，心畫也。聲畫形，君子小人見矣。」25

書畫能否上乘，在於人品高下，人品高下，端賴氣韻高低；畫的根源，在於靈府天機，一段畫論，句句直指心源。

又如郭思據其父郭熙平日言論和手稿輯錄整理的《林泉高致》提到：

思平昔見先子作一二圖，有一時委下不顧，動經一二十日不向，再三體之，是意不欲。意不欲者，豈非所謂惰氣者乎？又每乘興得意而作，則萬事俱忘；及事汨志撓、外物有一，則亦委而不顧。委而不顧者，豈非所謂昏氣者乎？凡落筆之日，必窗明几淨，焚香左右，精筆妙墨，盥手洗硯，如見大賓。必神閑意定，然後為之，豈非所謂不敢以輕心挑之者乎？已營之，又徹之，已增之，又潤之，一之可矣，又再之，再之可矣，又復之，每一圖必重複，終始如戒嚴敵，然後畢此，豈非所謂不敢以慢心忽之者乎？所謂天下之事，不論大小，例須如此，而後有成，先子向思，每丁寧委曲，論及於此，豈教思終身奉之以為進修之道耶！[26]

《西山走馬圖》，先子作衡州時作此以付思。其山作秋意，於深山中數人驟馬出谷口內，人墜下，人馬不大而神氣如生。先子指之曰：躁進者如此。自此而下，得一長板橋，有皂幘數人乘款段而來者。先子指之曰：恬退者如此。又於峭壁之隈、青林之蔭半出一野艇，艇中蓬庵，庵中酒榼書帙，庵前露頂坦腹一人若仰看白雲、俯聽流水、冥搜遐想之象，舟側一夫理楫。先子指之曰：斯則又高矣。[27]

不敢以輕心挑之者，即二程所謂「誠意」、「正心」，以養心正氣進入繪畫的心源，則每一構思，都有高義；雖是作畫，其實與儒人論學、理學究天，全然一致。由此可見，北宋東坡首開士人畫格局，「論畫以形似，見與兒童鄰。賦詩必此詩，定非知詩人。」[28]；至於明代董其昌更言文人畫，高暢氣韻與筆意、士氣與逸品，「狀難寫之景，如在目前；含不盡之意，見於言外」，[29]山水題材，高逸清雋，外師造化，中得心源；梅蘭竹菊，體物寫志，文人畫文人心境，皆是理學流風潤澤。

理學對繪畫的另一個重要影響在於，格物致知的論調，影響宋人博古精研的態度，金石考古，格物清賞，為「玩物」一事正名，開明清賞玩之風。「格物致知」一詞，首見《禮記．大學》所言八目：格物、致知、誠意、正心、修身、齊家、治國、平天下。其中「欲誠其意者，先致其知，致知在格物，物格而後知至」一節尤其受到宋代儒者重視。程頤、程顥兄弟，同師周敦頤，周的哲學觀點在「誠」與「主靜」，二程受其影響，進一步闡揚「格物致知」意義，並以此作為論述主軸。[30]程頤認為：「格猶窮也，物猶理也，猶曰窮其理而已也。」程顥則說：「格、至也。窮理而至於物，則物理盡。……物來則知起，物各付物，不役其知，則意誠不動。意誠自定，則心正，始學之事也。」所謂「今日格一件，明日又格一件，積習既多，然後脫然自有貫通處」；由窮究事物之理，即能體悟天理。因此，格物致知四字，不僅是認識論，更是方法論，其途徑不只在讀書，更在應人接物，由「格」著手，則無不通達。

朱熹以二程理論為基礎，提出：「格，至也。物，猶事也。窮推至事物之理，欲其極處無不到也。」「所謂致知在格物者，言欲致吾之知，在即物而窮其理也。蓋人心之靈，莫不有知，而天下之物，莫不有理。惟於理有未窮，故其知有未盡也。是以《大學》始教，必使學者即凡天下之物，莫不因其已知之理而益窮之，以求至乎其極。」天下之物，盡有其理，物的範圍何其瀚深廣大，凡有形的一草一木一微細蟲魚、無形的心靈與道德，皆在應格的範圍，只要窮盡物理，便能「萬物之表裏精粗無不到，吾心之全體大用無不明」。將「格物致知」闡釋得淋漓盡致，也發揮到極致。將「格物」一途，作為唯一圭臬信仰，對於理學發展來說，或有過於呆板之嫌（其後的陸九淵、王陽明即由「心」著眼，進而發展理學為心學），然而，對當時的文化環境卻有打樁固基之效，及桑榆之穫。

如北宋初期正在興起中的「賞玩文化」，正是以「格物致知」作為綱領，「物」皆稽考源流；復古、賦予當代意識，清賞絕非喪志，理學為「玩古」正了名，更為其開啟一條康莊大道。

四、從「復古」到「博古」

二程理學標榜誠意正心、格物致知，宋代以考據、考釋、考古為要的金石之學因此較前代更為勃興。上層提倡經學，恢復禮制；墨拓術及印刷術的發展，為金石文字流傳提供了條件。文人收集、整理和研究古物，著述輔以圖錄，對於集成和歸納古器物的體例，大有建樹：如劉敞刻《先秦古器圖碑》（亡佚）、歐陽修的《集古錄》、李公麟《考古圖》（亡佚）、呂大臨撰《考古圖》，其後又有徽宗皇帝敕修的《宣和博古圖》、薛尚功《歷代鐘鼎彝器款式法帖》等銅器著錄書、趙明誠的《金石錄》（圖 1-10）等石刻著錄書。

《宋史》卷一百四十九，言「宋自神宗以降，銳意稽古，禮儀之事，招延儒士折衷同異。」稽古復古既為朝廷敦尚要務，難怪金石學家們言「物」論「物」，堂堂皇皇。如呂大臨《考古圖》一書承繼李公麟考古圖錄體制，[31] 著錄了當時宮廷及私人收藏的古代銅器和玉器共二三四件。每器皆摹繪圖形、款識、記錄尺寸、容量和重量等，難得的是每一器物自出土地和收藏處皆盡其可能地記下，直如身家源流。呂氏正言：「非敢以器為玩也。」以書載物，真是「玩」出大名堂。

徽宗大觀、政和間，不僅大肆徵求古三代禮器，更大規模地重新仿古製造此類禮器祭器：

初，議禮局之置也，詔求天下古器，更製尊爵鼎彝之屬；其後又置禮制局於編類御筆所，於是郊廟禋祀之器多更其舊。[32]

徽宗皇帝詳述其修訂禮器制度的原則，很能見識到宋代的「古」意與新解。

> 循古之意而勿泥於古，適今之宜而勿牽於今……有不可施於今，則用之有時，示不廢古……有不可用於時，則唯法其義，示不違今……因今之俗，倣古之政，以道損益而用之，推而行之。[33]

存古，不泥於古；時用，但不違今；將古今貫通的精神標舉出來。《宣和博古圖》（圖1-11）體例便是遵循《考古圖》而來，[34]然其集國家力量蒐羅而來古器物，又非一般私人藏家所能比擬，[35]其宣示意義及效能更大，既是當代收藏考古風氣的展現，更進一步直接推動官私收藏與考古的風氣。今日回頭觀看宋人此類考古、鑒古圖錄，體會其收藏心情，與此存古精神大都熨貼。

在「格物致知」的大前提下，有宋一朝從考古，到書畫誌、圖畫見聞，首述源流幾乎成為標準格式。郭若虛著《圖畫見聞誌》六卷，敘論先談國朝求訪、自古規鑒、製作楷模、用筆得失、三家山水、徐黃體異等等，每一專題皆先表其源流發展；[36]宋代賞玩文學代表著作《洞天清錄集》，亦多循此方法，足見格物致知的影響。如該書〈古鐘鼎彝器辨〉一項，起首便寫：

夏尚忠，商尚質，周尚文，其制器亦然。商器質素無文，周器雕篆細密，此固一定不易之論，而夏器獨不然，余嘗見夏琱戈於銅上相嵌以金，其細如髮，夏器大抵皆然。歲久金脫，則成陰竅，以其刻畫處成凹也。相嵌今俗訛為商嵌，詩曰：「追琢其章，金玉其相」。[37]

又，「識文、款識」一條：

識文，夏用鳥跡篆，商則蟲魚篆，周以蟲魚大篆，秦用大小篆，漢以小篆隸書，三國用隸書，晉宋以來皆用楷書。唐秦用楷隸，三代用陰識，謂之偃囊，其字凹入也。漢以來或用陽識，其字凸，間有凹者，或用刀刻如鐫碑，蓋陰識難鑄，陽識易成。陽識決非三代物也。

款識，篆字以紀功，所謂銘書鍾鼎款，乃花紋以陽識。古器款居外而凸，識居內而凹。夏周器有款有識，商器多無款有識。[38]

溯古博古以通今，格物而致知；源流與知識，可以說是此類考古圖錄最大的兩項乘載物。

五、古典詩歌的寫物傳統

班雅明在《迎向靈光消逝的年代》，用「靈光」二字，魔術化了攝影所捕捉的剎那，此底片上短暫顯現的片刻，如氣韻之環「有時仍繚繞著已經過時的橢圓相框，美麗而適切。」他說：

這些影像把現實中的「靈光」汲乾，好像把積水汲出半沈的船一樣。什麼是「靈光」？時空的奇異糾纏：遙遠之物的獨一顯現，雖遠，猶如近在眼前。靜歇在夏日正午，延著地平線那方山的弧線，或順著投影在觀者身上的一節樹枝，直到「此時此刻」成為顯像的一部份——這就是在呼吸那遠山、那樹枝的靈光。[39]

透過攝影師的發掘，那些被遺忘、忽略、淹沒的景物，如魔術般出現，在快門按下的那一剎那凝結。底片所顯現的，除表現的象，更有時間、記憶、象徵、氣韻、氛圍，更多觀者內心方能查察的種種物事。

如同攝影師以手中相機作為通往靈光之境的工具，文學家則以文字將此靈光定格留駐。《文心雕龍》凸顯文章與天地並生的重要地位：「夫玄黃色雜，方圓體分，日月疊璧，以垂麗天之象；山川煥綺，以鋪理地之形。」[40]自然之形，天地之心，文學家起心動念，於是「心生而言立，言立而文明」。然而，宇宙之大、品類之盛，如何聚焦、緣情以言志？古典文學書寫中即有此一類別，聚焦於「物」，以「物」為書寫主體。看似寫物，其實緣物以寄情，託物以言志；其效果正如班雅明的靈光論述：「比如攝影可以將原作中不為人眼所察的面向突顯出來，這些面向除非是靠鏡頭擺設於前，自由取得不同角度的視點，否則便難以呈顯出來；有了放大局部或放慢速度等步驟，才能迄及一切自然視觀所忽略的真實層面。」[41]濃縮天地之象於一物，藉物寫情言志，從古典到現代，蔚為大觀。

古典文學極早便注意到「物」與「我」（創作者）之間的關係，這可從理論與作品實踐中覘見一二。《禮記‧樂記》言：「人心之動，物使之然也。」緣物興情，發而為文，《詩經》中有〈碩鼠〉、屈原《九章》有〈橘頌〉；前者寫食麥之鼠，後者寫橘「葉綠素榮」、「圓果摶兮」、「青黃雜揉」、「精色內白」，詩人細寫物之形物之狀物之色物之樣，其實前寫官吏貪婪，後寫詩人文章爛兮，蘇世獨立，橫而不流。因此，文論家每從詩人與物的關係加以闡釋，陸機《文賦》云：「遵四時以嘆逝，瞻萬物而思紛」；鍾嶸《詩品‧序》起首便寫：「氣之動物，物之感人，故搖蕩性情，行諸舞詠。」劉勰《文心雕龍‧明詩第六》：「人稟七情，應物斯感，感物吟志，莫非自然。」托物起興，藉物寫志，在以詩歌創作為主的中國文學中繽紛燦灼。

此「物」的書寫，經宋元物質文明高度發展下，賞玩文化更加隆盛。宋人筆記、明人小品中，無物不寫，舉凡床丌瓶榻、琴棋書畫、草木蟲魚，件件都寫。非百科全書，不只考源察流；玩物不是喪志，狀物寫物其實正寫心之源。於是，「物」是載體，賞玩品鑒，凝蘊其本身、記憶身世、承繼歷史。具體化、地域化、人性化，以及歷史化了的「物」，另類承載文化記憶的所在。

以詩詠物，元代張可宗詩集堪稱經典。詩人生卒年不詳，《欽定四庫全書》子部別集中收其《詠物詩》一卷，提要有云：「昔屈原頌橘、荀況賦蠶，詠物之作萌芽于是，然特賦家流耳。漢武之天馬、班固之白雉寶鼎，亦皆因事抒文，非主于刻畫一物。其托物寄懷見于詩篇者，蔡邕詠庭前石榴，其始見也。沿及六朝，此風漸盛。王融、謝朓至以唱和相高，而大致多主于隸事。唐宋兩朝則作者蔚起，不可以屈指計矣，其特出者，杜甫之比興深微，蘇軾黃庭堅之譬喻奇巧，皆挺出衆流。其餘則唐尚形容、宋參議論，而寄情寓諷旁見側出于其中；其大較也中間如雍鷺鷥崔鴛鴦鄭鷓鴣，各以摹寫之工得名當世。而宋代謝蝴蝶等，遂一題衍至百首，但以得句相誇，不必緣情而作，於是別岐為詩家小品，而詠物之變極矣。」張可宗以「詠物」為書名，不立意奇巧，反倒返璞歸真，可見詠物做詩，早已成詩家詩體大宗。書收詠物詩百首，茶筅、荷錢、紙鳶、鷺羽扇、螳螂簪、蟾蜍水滴、琉璃簾、走馬燈等皆在其列，如螺詩一首，以東晉以來的鸚鵡螺杯（圖 1-12）為描寫主題：

香醅浮螘入旋渦，半殼蒼瓊費琢磨；應愧美人盤寶髻，且供豪客捲金波。尊中綠照珠光潤，掌上春擎海氣多；安得滄溟俱變酒，垂涎終日飲如何。

既以「詠物」為書名，書中主題自然不脫物之屬。然而，張可宗筆下之「物」更有其時代意義，此「物」，已經趨近「物質文化」意義下，「物」的定義。

雍正甲辰年，魏塘俞、琰長仁所輯詩集，亦以「詠物」為書之名。《詠物詩選》原序特言：

> 詩能體物，每以物而興懷。物可以引詩，亦因詩而觀態。周南篇首托興雎鳩，楚客詞中寄情蘭茝。崔氏鴛鴦之什擅美，三唐謝家蝴蝶之篇著名，兩宋聿緣情之有作，唯詠物之為多。……
>
> 凡詩之作，所以言志也，志之動，由於物也，感於物而動，故形於言，言不足，故發為詩，詩也者發於志而實感於物者也。詩感於物而其體物者不可以不工，狀物者不可以不切。於是有詠物一體以窮物之情、盡物之態，而詩學之要莫先於詠物矣！[42]

詠物作為輯詩綱領，則物之類，自日月山水、寺觀麗人、瓦硯劍戈、玉帛冠履、茶果蔬薑等全在其列，大大呼應了《詩經》、《九章》以來的詠物遺緒，因物起興，寫物狀物，人在其中。如白居易〈雲母散〉：

曉霧雲英漱井華，寥然身若在烟霞，
藥銷日晏三匙飯，酒渴春深一椀茶，
每夜坐禪觀水月，有時行醉玩風花，
淨名事理人難解，身不出家心出家。43

首聯寫鐘乳雲母之狀，次寫早服雲母散，後兩聯則描述其清新醒明之效，更進一步呼應詩人遠離紅塵的心境，充分體現物我兩契的特質。

六、宋人美學盡在賞玩書寫

宋代理學，不論是北宋張載「滅天理而窮人欲」，或是南宋朱熹「存天理而滅人欲」；理學直如道學，以「格物致知」之道，作為考古鑑古方法，是對抗「玩物喪志」批評的最佳良方。因此，我們看到從宋初劉敞、歐陽修、呂大臨，到趙明誠、李清照夫婦，面對賞玩一事，都不約而同強調薦古的知識與道德，清賞而非「玩好」，如：李伯時，《考古圖》：「聖人制器尚象，載道垂戒，寓不傳之妙於器用之間，以遺後人，使宏識之士，即器以求象，即象以求意，心悟目擊命物之旨，曉禮樂法而不說之秘，朝夕鑒觀，罔有逸德，此唐虞畫衣冠以為紀，而使民不犯於有司，豈徒眩美資玩，為悅目之具哉！」44

又如：

因次其先後為二千卷，余之致力于斯，可謂勤且久矣。非特區區為玩好之具而已也。

——趙明誠《金石錄》序

《金石錄》三十卷者何？趙侯德父所著書也。取上自三代，下迄五季，鐘、鼎、甗、鬲、盤、匜、尊、敦之款識，豐碑大碣、顯人晦士之事蹟，凡見於金石刻者二千卷，皆是正偽謬，去取褒貶，上足以合聖人之道，下足以訂史氏之失職者，皆載之，可謂多矣。

——李清照《金石錄》後序45

非為玩好、為合聖人之道，鑒賞都有冠冕理由。宋人在理學統攝一切的時代，凡事都得頂戴著理學大帽、聖人之道。在這道德文章中，總有些意猶未盡之處，他們好像少說了點什麼？鑒古、集古一事究竟有何魅力，使得「繇是學士大夫雅多好之，此風遂一煽矣」！[46]劉敞在宋仁宗嘉祐五年外放長安，三年的時間收集得數十件銅器；米芾拜石成癡，蘇軾、黃庭堅的硯癖、墨癖，收藏與精研何以使人「得之於目而貯之心，每或廢寢食，不去思則又翻成清淨苦海矣」？[47]《金石錄》後序寫道：

> 趙、李族寒，素貧儉，每朔望謁告出，質衣取半千錢，步入相國寺，市碑文果實歸，相對展玩咀嚼，自謂葛天氏之民也。後二年，出仕宦，便有飯蔬衣練，窮遐方絕域，盡天下古文奇字之志。日就月將，漸益堆積。丞相居政府，親舊或在館閣，多有亡詩逸史，魯壁汲塚所未見之書，遂盡力傳寫，浸覺有味；不能自已。後或見古今名人書畫，一代奇器，亦複脫衣市易。嘗記崇寧間，有人持徐熙牡丹圖，求錢二十萬。當時雖貴家子弟，求二十萬錢，豈易得耶？留信宿，計無所出而還之，夫婦相向惋悵者數日。後屏居鄉里十年，仰取俯拾，衣食有餘。連守兩郡，竭其俸入以事鉛槧。每獲一書，即同共勘校，整集簽題；得書、畫、彝、鼎，亦摩玩舒卷，指摘疵病，

夜盡一燭為率。故能紙劄精緻，字畫完整，冠諸收書家。餘性偶強記，每飯罷，坐歸來堂，烹茶，指堆積書史，言某事在某書某卷第幾葉第幾行，以中否角勝負，為飲茶先後。中即舉杯大笑，至茶傾覆懷中，反不得飲而起，甘心老是鄉矣！故雖處憂患困窮而志不屈。收書既成，歸來堂起書庫大櫥，簿甲乙，置書冊，如要講讀，即請鑰上簿，關出卷帙。或少損汙，必懲責揩完塗改，不復向時之坦夷也。是欲求適意而反取憀慄。餘性不耐，始謀食去重肉，衣去重采，首無明珠翡翠之飾，室無塗金刺繡之具。遇書史百家，字不刓缺，本不訛謬者，輒市之，儲作副本。自來家傳《周易》、《左氏傳》，故兩家者流，文字最備。於是幾案羅列，枕席枕藉，意會心謀，目往神授，樂在聲色狗馬之上。[48]

獨李清照以詞人之心，寫賞玩之事，一如情事，如此纏綿悱惻；迷情故紙堆中，相對咀嚼展玩，不能自己，寫夫妻同賞同樂、縱情文物之間，尤其情真，令人豔羨，在宋代道德掛帥的賞玩書寫裏，記下收藏鑑賞一事，叫人迷眩流連之處，全然真情凝露。

由是，我們看到此等清賞文化在宋人生活中無處不在，文房珍玩、書齋清供，俯拾皆是文人清雅。[49]（圖 1-13）（圖 1-14）（圖 1-15）

宋人每以「小室」、「小閣」、「丈室」、「容膝齋」等等為稱，可見其小。書房雖小，但一定有書，有書案，書案上有筆和筆格，有墨和硯，硯滴與鎮尺。又有一具小小的香爐，爐裏焚著香餅或香丸。與這些精雅之具相配的則是花瓶，或是古器，或其式仿古，或銅或瓷，而依照季節分插時令花卉。這是以文人雅趣為旨歸的一套完整的組合。（圖 1-16）（圖 1-17）

宋人把對「格物」的偏愛貫注到對生活細節的關注與體驗，使宋詩並不總是詩意豐沛而宋人詩心長在。[50]（圖 1-18）

此詩心，即為生活美學。《洞天清錄集》的「古銅器入土年久，受土氣深，以之養花，花色鮮明。如枝頭開速而謝遲，或謝則就瓶結實。若水銹、傳世古則爾，陶器入土千年亦然。」是為銅瓶知識；而銅瓶清供冬日梅枝，雖在小閣，卻如見滿月清淺小溪；此正是宋人飽含了知識譜系的清賞美學。由此而生，則人與世間萬物都有了相依相親的關係。畫面江山，有河朔氣象；彝鼎膽瓶，知鑒古今，由格物而得理趣而知天。

閣兒雖不大，都無半點俗。窗兒根底數竿竹。畫展江南山景、兩三幅。彝鼎燒異香，膽瓶插嫩菊。翛然無事淨心目。共那人人相對、弈棊局。[51]

趙希鵠的《洞天清錄集》以文學專論、感性筆法陳述，標誌宋人在清賞與金石考古兩者之間達到兼美的層次；文物古玩不只是冰冷的存在，文人撫摩之、賞玩之，靈光乍現如與迢遠時光中的某一感動素樸相見，文人藉此安頓內心想望也存活當代美學，清賞凸顯文人品味與審美趣味，一如北宋汝窯（圖1-19）。由於知識，由於審美，由於書寫，清賞翫古足以不受「玩物喪志」誡訓規範，且由此建立中國賞玩傳統。宋人的清賞美學，充滿於生活，並開枝餘香後世。

1（宋）趙希鵠，《洞天清錄集》，《觀賞彙錄》（上）（臺北：世界書局，一九八八年），頁三八—三九。

2（宋）歐陽修、宋祁，《新唐書．張嘉貞列傳第五十二》：「子彥遠，博學有文辭，乾符中至大理卿。」（北京：中華書局出版，一九七五年），頁四四四八—四四四九。張彥遠所著《歷代名畫記》，是我國第一部系統完整的繪畫藝術通史。此書以前雖有後魏孫暢之《述畫記》、梁武帝、齊謝赫、陳姚最、隋沙門彥悰、唐李嗣真、劉整、顧況等畫評、裴孝源《貞觀公私畫錄》及竇蒙《畫拾遺錄》，然張彥遠評點前述書籍：「率皆淺薄漏略，不越數紙」。補前代缺蕪，正是張氏著書的初心。

3（唐）張彥遠，《歷代名畫記》第二卷〈論鑑識收藏購求閱玩〉，見楊大年編《中國歷代畫論采英》（南京：江蘇教育出版社，二〇〇五年），頁二八六、二八七。

4（宋）蘇易簡（957-995），北宋文人蘇舜欽祖父，其書《文房四譜》原有宋刊本，已佚，今存有四庫全書本、叢書集成初編等。

5（宋）蘇易簡，《文房四譜．文具雅編》，見《叢書集成簡編》（臺北：臺灣商務印書館，一九六五年），頁三五—四七。

6（清）周二學撰：〈賞延素心錄〉一卷，見《文房四譜》（臺北：世界書局，一九九二年），頁五五五。

7（宋）趙希鵠，《洞天清錄集》，《觀賞彙錄》（上）（臺北：世界書局，一九八八年），頁三八、三九。

8（宋）趙希鵠，《洞天清錄集》，《觀賞彙錄》（上）（臺北：世界書局，一九八八年），頁四九。

9《宣和畫譜》卷七：「顧閎中，江南人也。事偽主李氏為待詔。善畫，獨見於人物。是時，中書舍人韓熙載，以貴游世胄多好聲伎，專為夜飲，雖賓客揉雜，歡呼狂逸，不復拘制。李氏惜其才，置而不問。聲傳中外，頗聞其荒縱，然欲見樽俎燈燭間觥籌交錯之態度不可得，乃命閎中夜至其第，竊窺之，目識心記，圖繪以上之，故世有《韓熙載縱樂圖》。李氏雖僭偽一方，亦復有君臣上下矣。至於寫臣下私褻以觀，則泰至多奇樂，如張敞所謂不特畫眉之說，已自失體，又何必令傳於世哉！一閱而棄之可也。」，見《四庫全書．子部・藝術類一・書畫之屬》（臺北：臺灣商務印書館，一九八四年），頁一〇七。

10 （宋）湯垕，《畫鑒》《景印文淵閣四庫全書・子部・藝術類一・書畫之屬》（臺北：臺灣商務印書館，一九八四年），頁四二五。

11 北宋流行的「雅集」形式，在當時及後世皆有許多畫作以此為題，其中「西園雅集」為一類大宗。關於此次聚會，及相關畫作、源流，可見衣若芬，〈一樁歷史的公案——「西園雅集」〉，《中國文哲研究集刊》第十期（臺北：中央研究院中國文哲研究所，一九九七年），頁二二一—二六八。

12 （五代）王齊翰〈勘書圖〉，絹本設色，南京大學考古與藝術博物館收藏。據蘇東坡於北宋元佑六年〈跋南唐挑耳圖〉記載，此圖先為王詵所有。王詵之後，此圖轉入朝奉大夫王定國手中。原名〈挑耳圖〉，後經宋徽宗趙佶御題命為〈勘書圖〉，併題上：「王齊翰妙筆」。

13 林柏亭：「一般『畫中畫』的屏風，多填飾以山水，本幅則以花鳥為飾，相當難得。不但反映出北宋末汀渚水鳥的風格，也反映出徽宗朝花鳥畫特別興盛的時代性。」〈宋人人物〉，收入國立故宮博物院編輯委員會編，《宋代書畫冊頁名品特展》（臺北：國立故宮博物院，一九九五年），頁二七六—二七九。

14 見（圖1-9）。

15 靳青萬〈宋徽宗《文會圖》中所繪瓷器辨析〉：「宋徽宗趙佶的《文會圖》中，空前絕後地繪錄了一四五件實用瓷器，其中有九十三件可大致判定為當時定窯燒造的定瓷，有五十二件可判定為白釉地青花瓷器。這一發現對中國古陶瓷史的研究具有十分重要的意義。」，《漳州師範學院學報（哲學社會科學版）》，二十一卷四期，二〇〇七年十二月，頁一〇二—一〇六。

16 如卡爾維諾在《給下一輪太平盛世的備忘錄》提到：「我的寫作總是會面臨兩條途徑，分別代表兩種不同類型的知識。一條途徑進入無形無狀的理性思惟的心智空間，在其中得以探索幅聚的直線、投影、抽象形狀、作用力的向量。另一條路徑則通過擠滿物體的空間，並藉著在白紙上填寫黑字來嘗試創造出一個等同於那個空間的文字，極其謹慎而辛苦地努力使寫下來的東西呼應未寫出的，符合可以言說和不可言說的總合。」

（臺北：時報文化，一九九六年），頁一〇二。

17 《宋史》列傳第九十九呂大防，《景印文淵閣四庫全書．正史類》（臺北：臺灣商務印書館，一九八四年），頁五〇七。

18 （明）黃淮、楊士奇等撰，《歷代名臣奏議（四）》（臺北：臺灣學生書局，一九六四年），頁二五一。

19 如上註，《歷代名臣奏議》卷之一百九十一，有〈節儉〉一目，皆為諸朝臣勸諫君上節儉戒奢內容。參見頁二五一七—二五四〇。

20 徐飆，《兩宋物質文化引論》（南京：江蘇美術出版社，二〇〇七年），頁一八〇。

21 見（明）呂柟編《二程子抄釋卷二》，《景印文淵閣四庫全書．子部儒家類二》卷二十四（臺北：臺灣商務印書館，一九八四年），頁一一二。胡文定云：「先生初以記問為學，自負該博，對明道舉史書，不遺一字。明道曰：『賢卻記得許多，可謂玩物喪志！』謝聞之，汗流浹背，而發赤。明道卻云：『只此便是惻隱之心。』及看明道讀史，又卻逐行看過，不差一字，謝甚不服。後來省悟，卻將此事做話頭，接引博學進士。」其後朱熹進一步闡釋該義。語見朱子語類卷第五．性理二：「景紹問心性之別。曰：『性是心之道理，心是主宰於身者。四端便是情，是心之發見處。四者之萌皆出於心，而其所以然者，則是此性之理所在也。』道夫問：『滿腔子是惻隱之心』，如何？曰：『腔子是人之軀殼。上蔡見明道，舉經史不錯一字，頗以自矜』。明道曰：『賢卻記得許多，可謂玩物喪志矣？』上蔡見明道說，遂滿面發赤，汗流浹背。明道曰：『只此便是惻隱之心。』公要見滿腔子之說，但以是觀之。問：『玩物之說主甚事？』曰：也只是『矜』字。」

22 繆鉞等著，《宋詩鑑賞辭典》序（上海：上海辭書出版社，一九八七年），頁一。

23 黃振民選，《歷代詩評註》（臺北：大中國圖書出版，一九九四年），頁一一五〇。

24 文學鑒賞辭典編纂中心編，《宋詩三百首鑒賞辭典》（上海：上海辭書出版社，二〇〇七年），頁三七九。

25 （宋）郭若虛，《圖畫見聞志．論氣韻非師》，《宋人畫學論著》（臺北：世界書局，一九九二年），頁二八—三一。

26（宋）郭熙、郭思，《林泉高致．山水訓》，《宋人畫學論著》（臺北：世界書局，一九九二年），頁二七一。

27（宋）郭熙、郭思，《林泉高致．畫格拾遺》，《宋人畫學論著》（臺北：世界書局，一九九二年），頁二九一。

28蘇軾〈書鄢陵王主簿所畫折枝二首〉原詩：「論畫以形似，見與兒童鄰。賦詩必此詩，定非知詩人。詩畫本一律，天工與清新。邊鸞雀寫生，趙昌花傳神。何如此兩幅，疏澹含精勻。誰言一點紅，解寄無邊春。瘦竹如幽人，幽花如處女。低昂枝上雀，搖盪花間雨。雙翎決將起，眾葉紛自舉。可憐採花蜂，清蜜寄兩股。若人富天巧，春色入毫楮。懸知君能詩，寄聲求妙語。」

29歐陽修《六一詩話》曾記：「聖俞常語予曰：『詩家雖率意而造語亦難。若意新語工，得前人所未道者，斯為善也。必能狀難寫之景，如在目前；含不盡之意，見於言外，然後為至矣。』」見《六一詩話（四）》（臺北：臺灣商務印書館，一九六六年），頁四九五。

30程顥、程頤兄弟同為北宋理學的奠基者，兩人同學於周敦頤，回歸經典，「返求諸六經而後得之」為其論學根本，兩人學說方向一致，但互有闡釋與重視，如程顥哲學的主要內容是關於道德修養的學說。他追求渾然一體的精神境界，強調通過直覺冥會，達到物我合一之境，因此影響到後來的唯心主義心學，尤其是對陸王心學。程頤論述為學則說：「涵養須用敬，進學則在致知。」「入道莫如敬，未有能致知而不在敬者。」兼重敬與致知，把二者統一了起來。程頤根據《大學》提出自己的格物致知說。他所講的窮理方法主要是讀書、論古今人物、應事接物等，主張以知為本，先知後行，能知即能行，行是知的結果。

31李公麟《考古圖》今已亡佚，然其體例全為呂大臨書承繼。

32《宋史》卷九十八，禮志一。見楊家駱主編，《新校本宋史并附編三種》，《中國學術類編》（臺北：鼎文書局，一九七九年），頁二四二三。

33 同上。

34 《博古圖》，宋徽宗敕撰，王黼編纂，三十卷。大觀初年（1107）始，成於宣和五年（1123）之後。該書著錄了宋代皇室在宣和殿收藏的自商代至唐代的青銅器八百三十九件。分為鼎、尊、罍、彝、舟、卣、瓶、壺、爵、觶、敦、簋、簠、鬲、鍑及盤、匜、鐘磬錞于、雜器、鏡鑑等，凡二十類。各種器物均按時代編排，每件器物都有摹繪圖、銘文拓本及釋文，並記有器物尺寸、重量與容量。有些還附記出土地點、顏色和收藏家的姓名，對器名、銘文也有詳盡的說明與精審的考證。但內容有失誤，銘文考證疏陋較多。（見圖1-13，國家圖書館善本書室藏書）

35 據《鐵圍山叢談》卷四記載，大觀初，詔求古器，得五百多件，《宣和博古圖》所錄即為此數。到政和年間，收藏數量已達六千多件，且幾乎為三代器物，秦漢間「非特殊蓋亦不收」。

36 郭若虛為宋真宗郭皇后的姪孫，仁宗兄弟相王趙允弼的女婿。歷官供備庫使，熙寧中為左藏庫副使、涇州通判，並曾為賀遼正旦副使。著有《圖畫見聞誌》六卷，是繼唐代張彥遠《歷代名畫記》之後中國畫史重要著作。書分敘論、紀藝、故事拾遺及近事四門，錄唐末至宋熙寧七年歷代畫家事跡並加以評論，所論多深解畫理，敘流派本末，元初馬端臨《文獻通考》稱其為「看畫之綱領」。

37 （宋）趙希鵠，《洞天清錄集》，《觀賞彙錄》（上）（臺北：世界書局，一九八八年），頁二二、二三。

38 （宋）趙希鵠，《洞天清錄集》，《觀賞彙錄》（上）（臺北：世界書局，一九八八年），頁二四。

39 華特・班雅明（Walter Benjamin）：《迎向靈光消逝的年代》（臺北：臺灣攝影工作室，一九九八年），頁三四。

40 《文心雕龍》原道第一。

41 同註39，頁六三。

42 魏塘俞、琰長仁：《歷代詠物詩選》（臺北：清流出版社，一九七六年），頁一、二。

43 魏塘俞、琰長仁：《歷代詠物詩選》卷六・飲食部第九（臺北：清流出版社，一九七六年）。

44（宋）李伯時，《考古圖》五卷，收入翟耆年編《籀史》中，此書今可於《六一題跋（四）》，《叢書集成簡編》見得。（臺北：臺灣商務印書館，一九六六年），頁一一。

45（宋）李清照，〈金石錄後序〉，《四部刊要／集部．別集類．李清照集校注》（臺北：漢京文化，二〇〇四年），頁一七六－一七八。

46（宋）蔡絛，《鐵圍山叢談》，《叢書集成新編》（臺北：新文豐出版社，一九八五年。）。

47（明）陳繼儒語，見《妮古錄》序，《觀賞彙錄》（下）（臺北：世界書局，一九八八年），頁一。

48（宋）李清照，〈金石錄後序〉，《四部刊要／集部．別集類．李清照集校注》（臺北：漢京文化，二〇〇四年），頁一七六－一七八。

49此類以書房文物主題輯成的書籍極多，如陳約宏、蔡耀慶編纂的《古雅別緻》（臺北：歷史博物館）；又如俞瑩編著，《文房賞玩》（上海：上海人民美術出版社，一九九七年）

50揚之水，《終朝采藍：古名物尋微》（北京：生活．讀書．新知三聯書局，二〇〇八年），頁四三－五七。

51（宋）無名氏詞〈南歌子〉，收入吳藕汀、吳小汀編：《中國歷代詞調名辭典（新編本）》（臺北：秀威出版，二〇一五年），頁二四二。

貳、物為載體，承載風雅

——論賞翫的文化與商業意涵

從「玩物喪志」到「博古清翫」，南宋趙希鵠在《洞天清祿集》序裏，形容心中理想的居住雅境：「明窗淨几羅列，佈置篆香居中，佳客玉立相映。時取古人妙跡，以觀鳥篆蝸書，奇峰遠水。摩娑鐘鼎，親見商周。端硯湧巖泉，焦桐鳴玉佩。不知人世所謂受用清福，孰有逾此者乎？」（圖2-1）仍如文人心中的神仙境地。然而，以上文字段落最少出現幾樣「物」：篆香、古人妙跡、鐘鼎、端硯、焦桐、玉佩。（圖2-2）這位辨析文玩如手中掌紋的宗室子弟，曾寫下古琴辨、古硯辨、古鐘鼎彝器辨、怪石辨、研屏辨、筆格辨、水滴辨、古翰墨真蹟辨、古今石刻辨、古畫辨等十種精闢賞翫書寫，他所嚮往的洞天福地，說是一部物質文化史，也不為過。

這使我們不禁要問：「物」，究竟為何「物」？在中國文人雅士身傍，以型態而言，為使用之物；然而，更多時候，「物」像載體，承載人們的意志、期望，從「使用」到「賞翫」，中國文人走了逾千年的風雅之路，此風雅之路，更漸次成為收藏之路。《荀子．勸學》記：「君子生非異也，善假於物也。」荀子以教育理念前導，意在教人不受限於自身資質，善藉「物」即可出類拔萃。然而，我們今日回顧中國文明與文化發展歷程，文人使用之「物」，或經文人定義之「物」，身價便成非凡，我們或可改荀子之言，成：「『物』生非異也，善假於人也！」此縱橫千年，至今仍盛的賞翫模式，因何而起？它與商業市場操作模式操作之間的關係為何？

一、進入消費社會後的賞翫與收藏

《詩經》賦比興，以物托意；《文心雕龍》：「人稟七情，應物斯感，感物吟志，莫非自然。」「物」漸地感染人的氣息，尤其是宋代以文人為政治主體的文人氣息。文人雅翫之物，成為世間競逐之物。宋代文人從形上理學思想建立美感譜系，再經過北宋到南宋手工技藝及經濟繁榮，文人美學得有實踐可能，這與繁盛的物質文化有關。尤其當中堪稱「文藝復興」的建功立業者徽宗皇帝。二〇〇六年臺北故宮博物院曾有北宋「大觀」特展，從書畫、瓷器，無一不是清雅，宋代文風餘澤從此開枝散葉，深潤中國（圖2-3）（圖2-4）。

而身為中國第一個「消費社會」形成時期的明代[1]，工匠技藝與物質昌明達到空前局面。[2]其間差距，或可由宋代《洞天清錄集》與明朝《長物志》兩大賞玩書寫經典的內容讀出；前者著錄含古琴、古硯、古鐘鼎彝器、怪石、硯屏、筆格、水滴、古翰墨真跡、古今石刻、古今紙花印色、古畫，說是洞悉源流，辨析精審，但範圍仍不出文玩器物。後者《長物志》，為大書畫家文徵明的曾孫文震亨所著，其自身書畫功力即有祖上風範，平時治遊，詠園、畫園無一不精，更自造園林。該書完成於崇禎七年，十二卷中有室廬、花木、水石、禽魚、蔬果五志，另外七志書畫、几榻、器具、衣飾、舟車、位置、香茗等，環環釦釦已如一同心圓，文人為其核心，賞玩雅事不僅在書齋、生活，更走入園林自然。入宋、入明，物質文化昌盛，如上所言，《洞天清錄集》與《長物志》兩書相較，後者所載雅玩諸事已繁複如斯。就文學層次上見「物」，清人俞琰輯錄《歷代詠物詩選》，由唐到明，其中選輯宋明詠物詩歌超過三分之二強。物之華美與風雅，引致「詠物」情愫。在此，更引人注目的是：千年的時光中，雅翫之「物」，如何成為市場收藏寵兒的獨特現象。

現任牛津大學藝術史系講座教授的科律格（Craig Clunas）以「長物」概念（Superfluous Things）始論中國藝術生活與文化消費，可以說是找到解讀賞翫文化現象的極佳利器。文震亨這部關於生活和品鑒的筆記體著作《長物志》，所謂「長物」，看似多餘之物，實際是投射和沉積文人的選擇和品格意志之物。《長物志》被稱為晚明士大夫生活的「百科全書」，全書十二卷，無疑標誌著「賞玩文化」至此成熟。

此類「長物」書寫，從宋至明，在中國文人筆下蔚為大觀。臺北世界書局出版社出版之《觀賞彙錄》收錄自宋趙希鵠撰《洞天清祿集》、宋周密撰《志雅堂雜鈔》、明屠隆撰《考槃餘事》、明董其昌撰《畫禪室隨筆》、清周亮工撰《書影擇錄》、清金農撰《冬心先生隨筆》、鄧實輯《談藝錄》、鄧實編《美術叢書序引》等二十二種九十五卷，涵括林林總總之生活藝品如筆墨紙硯、鐘鼎彝器、銅窯器皿、圖書帖、琴劍、繡刻等。《觀賞別錄》十六種，共三十五卷，收錄有《硃砂魚譜》、《梅品》、《蘭譜奧法》、《菊譜》、《非烟香法》、《野服考》等。並《文房四譜》三十二種五十二卷，包含：宋米芾撰《評紙帖》、元費著撰《蜀牋譜》、清張燕昌撰《金粟箋說》、宋晁貫之撰《墨經》、宋何薳撰《墨記》、元陸友撰《墨史》、明沈繼孫撰《墨法集要》、清梁同書撰《筆史》、清朱彝尊撰《說硯》、清計楠撰《端溪硯坑考》、《石隱硯談》、《墨餘贅稿》等，書中另附有論墨拓及裝潢書三種。文化昌明，前所未見。這些大量著於文人筆記的品項，更是市場追逐的收藏品。

從文人之心出發，關鍵處在於美感與美學，如何啟發心志，呼應天人；然而，若從市場觀之，「產品」優劣與價格，可能更為重要。如淞江曹昭所著初版於明初的《格古要論》，重視要點即在物的「貴重」與否，而論貴重與否，則首在真偽。

> 凡見一物，必遍閱圖譜，究其來歷，格其優劣，別歧視非而後已……嘗見近世紈褲子弟習清事古者亦有之，惜其心雖愛而目未之識矣。

柯律格稱「此類鑑賞文學的另一個慣用口吻，是作者將自己標榜為不問俗務的方外之人，僅僅抱有防止善良人士墜入錯誤的目的。」然而，「全書始終貫穿著對於贗品、偽作和騙局的焦慮。」[3]這犀利的觀點，讓我們看到文玩雅物在明初，已十分具備資本主義下，藝術交易的本質。

《禮記・曲禮上》曰：「太上貴德，其次務施。報，禮尚往來。往而不來，非禮也；來而不往；亦非禮也。」此中，書畫一類，最足以顯露文人從製造端開始，由相好、餽贈的禮「物」到商品之物的生態。此生態中，文人因其品德或書畫技藝精湛，深受仕林敬愛，求字謀畫之人絡繹不絕。出於文人相親，餽贈以示友好，自不在話下；若因「可能貴重」而求，文人作為製造端，實必苦於應對。被乾隆皇帝稱為「二十八驪珠」的王羲之〈快雪時晴帖〉：「羲之頓首快雪時晴佳想安善未果為結力不次王羲之頓首山陰張侯。」（圖 2-5）便因句逗不同，出現了不同意涵；其中一種句逗，便凸顯「未果為結，力不次」的結果，意義極可能一變為：羲之未能完成索求請託之字，心中不安。

至於宋明以降，「物」不僅是文人身旁滋養心靈的「長物」，極為顯著地，是「有價值的」物。吳從先〈倪雲林畫論〉：「不以畫求雲林，而雲林自在也。以畫求雲林，而雲林亦在也。以畫求雲林者，目中無人，宇宙無人，天地直一幀耳。」[4]（圖2-6，圖2-7）明清小品賞玩的真義，不只為詠物，賞玩品鑑的精神核心，在於確立自我的美學與生命價值。倪瓚不為元際亂世所拘泥，正在其高逸的品氣、如風的自由；領略其清鬱山水，無人之境，才是文人品氣。然而，世間之人錙錙營營的，在於是否擁有畫作，能否擁有世間虛名而已。進入消費社會，即使清雅的文人之物，也難逃脫商業操作模式。

二、古今「賞翫」的消費模式

《獲利世代：自己動手，畫出你的商業模式》（*Business Model Generation*）以九宮格，將商業模式中至關重要的九種因素，包括關鍵活動、關鍵資源、關鍵合作伙伴、成本結構、價值主張、顧客關係、目標客群、收益流，通路以圖表呈現。[5]這個書寫於二〇一二年的現代商業模式，用以分析古代文翫從「禮物」到「商品」之路，幾乎可囊括文物市場的運作因素。

如前所述，「禮尚往來」原是維繫中國人情與世情的方式之一；禮之輕重恰當與否，正顯露社群關係。送與收受「禮」的時機至為重要，倘或有不願背負的人情債，或是無法推辭禮物，且不願關係繼續的情況，就得立刻回送相等分量的回禮。[6]以文人而言，自己創作的詩文書畫最是「禮輕情重」之物：有感于心，發而為文，書寫之，書畫之，相持以贈，最是美麗不過。然因其物美好非常，取得不易，往往便成熾手可熱之物；常更因文人畫家盛名或高位，非友人或文人圈，實難接近，物希為貴，一旦出現在市場，更屬難得，於是各方汲營索求，以致從「雅債」（明代菁英階層裏，最核心的一種文化模式，即互惠往來的過程）變成「清債」的生態，等而下之，作偽、仿製、贗品，無所不用其極，甚至成為商業產業模式。

> 禮物（gift）和商品（commodity），以及它們的交換模式，隱然有所區別；前者被視為小規模的、原始社群的類型，而後者則被視為較大型、複雜且較現代的典型。[7]

「雅」成為債，在於創作心有餘而力有未逮，然而，當「雅」（文玩）成為世人追逐目標時，為生活所迫，欠下「雅債」的創作者，其苦可以想見。

且我們必須探討的是：市場或富人高價購買書畫的意欲，究竟為何？美國社會學家凡勃倫（Thorstein Veblen）在一八九九年出版的經濟學專著《有閒階級論》（*The Theory of the Leisure Class*），提出炫耀性消費概念，批判十九世紀末美國上流階級中，那些與企業密切往來的暴發戶，稱其為「有閑階級」（leisure class）。凡勃倫認為，這些有閑階級透過消費，而非維生所需的時間與昂貴物品保持、並展現其身份地位，同時也藉此表現其脫離勞動關係、輕視一般勞動者的生產貢獻的心態。此階級的消費習性且影響其它階級，無形中成就一種浪費時間、金錢的社會風氣。與當時其他社會學作品不同，此論的焦點在於「消費」；這「消費」型態與明代出現的資本主義結構，用以理解市場對於文玩雅物趨之若鶩的現象，正正十分吻切。

此資本論專注的對象為「有閑」階級，然何謂「有閑」？如何「有閑」？

> 有閑階級生活的主要特徵是明顯地不參加一切有實用的工作。[8]

這與所有封建時代的社會一致，是否從事勞役工作，不僅僅表徵身份，更與階層高貴成反比；貴族無需勞動，卻因脫離生產工作，反而帶有尊貴或尊榮的象徵。此等由於貴族血緣、統治上層而來的「不勞動」階層，在長時間的變動與發展後，尤其是城市興起、商業經濟使得階層得以流通變化後；倘若要在社會上獲得當聲望，則必須取得財產，累積財產。然而，擁有財富不代表必然擁得尊敬；「有閑」則可作為博取別人敬意的一種手段，一方面借此在精神上得以獲得調劑。一方面，勞動既已在習慣上被認為是處於劣勢地位的證明，因此，欲晉身上流，則必以「有閑」擺脫一切勞動的印記。凡勃倫進一步解釋「有閑」意義：

使用「有閑」這個字眼，指的並不是懶惰或清淨無為。這裏所指的是非生產性地消耗時間。所以要在不生產情況下消耗時間，是由於（一）人們認為生產工作是不值得去做，對它抱輕視態度；（二）藉此可以證明個人的金錢力量可以使他安閑度日，坐食無憂。作為一位有閑的先生。他生活中的理想的一個組成部分，就是這種可敬的有閑，他要使旁觀者獲得印象的也就是這一部份。但他的有閑生活並不是全部在旁觀者的目睹下度過的，其間有一部份勢不能為公眾所看到，為了保持榮譽，對於這個不能為人所窺見的部分，就得有所顯示，使人信服他的生活是有閑的。

因此，「有閑」的既有成就所表現的是它並不留下物質成果。因此，「有閑」的既有成就所表現的大都是「非物質」式的產物。這類出於既有的有閑的非物質跡象是一準學術性的或準藝術性的成就，和並不直接有助於人類生活進步的一些處理方式方法方面及瑣細事物方面的知識。[9]

行文至此，明代中業以降，上至貴胄，下至販夫走卒全民瘋文玩的心態已昭然而出。有什麼比吟風弄月、品竹賞畫，更能表露、坐實其不能為人所窺見的部分，更使人信服他的生活是有閑的。

「偽好物」一詞源自北宋大書畫收藏家米芾（1052-1107）對一件傳為鍾繇（151-230）〈黃庭經〉的評價。他認為這件作品雖然是唐代摹本，而因臨寫極佳，遂以「偽好物」稱之，肯定這件摹本的藝術價值。[10]

二〇一八年臺北故宮博物院「偽好物」特展，前所未有地讓一千「偽」畫共處一室，且此又非尋常一室，乃博物館殿堂。然而，其幾可亂真、足亂視聽的精良程度，完全彰顯因明、清全民「瘋」好物，導致偽畫叢生，甚至出現產業鏈的真相。「偽好物」特輯中，幾篇專文由〈贗品文物的時代背景與意義〉、〈拼嵌群組——探索蘇州片作坊的輪廓〉、〈以蘇州為典範——圖文相襯的蘇州片製作與影響〉到〈「蘇州片」與清宮院體的成立〉等，環繞「蘇州」此一文風鼎盛、工藝精湛之地，如何因需求而興的大量偽作，及書畫市場的蓬勃之象。這與本文亟欲探詢的提問：市場或富人高價購買書畫的意欲，究竟為何？如同表裏，恰正一致。富貴而知穿衣吃飯，飽食進而欲求美感，這可以理解，但當時標榜蘇州（或江南作坊）偽作的「文化物」，畫必仇英，書必文徵明，以「清明上河圖」為名者不知凡幾（圖 2-8）。「雅」所好者，還在趨近某一階層。陳國棟在〈贗品文物的時代背景與意義〉就提醒我們從經濟史的角度思考：「仿製或假冒古人名畫的「蘇州片」並不是明代後期流行的唯一的假工藝美術品或者假骨董，因此我們得從較大的角度——為什麼從那個時間點起，明代社會會有廣大的消費群眾追求藝術贗品？——加以檢視。」[11]他從顧炎武的《天下郡國利病書》文內言及的明代社會經濟取證，顧氏云：「尋至正德（1506-1521）末、嘉靖（1522-1566）初則稍異矣。商賈既多，土田不重，操貲交接，起落不常。能者方成，拙者乃毀；東家已富，西家自貧；高下失均，錙銖共競；互相淩奪，各自張惶。……至嘉靖末、隆慶（1567-1572）間，則尤異矣。末富居多，本富益少，富者越富，貧者越貧。」[12]顯見明代社會由初貧而漸富，當氣候由小冰河期轉暖，農業生產漸趨有餘，生活富足便出現不同的需求。

多數人的所得高於僅是吃飽穿暖的「維生水準」（subsistence level），有多餘的購買力。在此等時節，不只是一向享有較多資源的士大夫官僚將更多的金錢花費在藝術品、工藝品與骨董的追求上，就是一般人民也躍躍欲試。

當越來越多的人追逐相同的商品時，價格自然上揚。當原本不消費骨董、藝術品的中、下層人士也想要從事這類的文化性消費時，他們便處在很想要卻又不見得買得起的窘境。骨董與精緻的藝術創作來路不多、價格倒是不斷上揚，於是提供給贗品一個極好的機會。[13]

有明一朝，自開國以來，雖重農抑商，但是承接於宋朝各類手工藝、作坊發達與城市經濟，商業發展越加蓬勃。史家史景遷因喜愛文學巨著《紅樓夢》而耙梳「曹寅與康熙」此一美好年代，越發疑惑：身在康熙這般兼容滿、漢，締造盛世的時代，那些口口聲聲「反清復明」的前朝舊臣，他們心心念念的明朝，究竟有何可戀？《陶庵夢憶》顯然為他做了最好的回應：

張岱成長的年代，明代政經雖積弱不振，社會風氣卻活潑奔放，逸樂和標榜流行的氣氛，瀰漫在十六世紀末、十七世紀初的文化活動。

這是一個宗教和哲學上折衷主義（eclecticism）的年代，所以我們看得到佛教改革派別及慈善事業大為興盛，女性受教育者日眾，同時一方面深究個人主義為何，卻也在擴大檢驗道德行為的基礎；有大膽創新的山水畫，最知名的戲曲、最有影響力的章回小說，細膩非凡的治國方略和政治理論，以及植物、醫藥、語言事典的編纂，這一切都構成了張岱的童年世界。[14]

繁華靡麗！煙花、噴泉、撫琴、品茶、乳酪、菊海、樓船、海戲、雅石、弄雪……看似一部文人集體墮落的繁華史，卻是文化頂極盛極的夢華錄。那個張岱午夜夢回不可思議、無路可返的故國舊園，正是今日迷魅全世界之中國文玩的發生之境。

古物難得，骨董難遇，於是明代後期的人蒐羅的範圍加廣，對「本朝」前期乃至當代的美術、工藝品都產生興趣。沈德符（1578-1642）在其《萬曆野獲篇》說：「玩好之物，以古為貴。惟本朝則不然。永樂之剔紅、宣德之銅、成化之窯，其價遂與古敵。蓋北宋以雕漆擅古，今已不可多得，而三代尊彝法物，又日少一日。五代迄宋所謂髡、汝、官、哥、定諸窯，尤脆薄易損，固以近出者當之。始于一、二雅人賞識摩娑，濫觴于江南好事縉紳，披靡于新安耳食諸大估。日千、日百，動輒傾橐相酬，真贗不可復辨，以至沈、唐之畫，上等荊、關；文、祝之書，進參蘇、米，其敝不知何極。」[15]

如同前述的現象，身處當代的我們並不陌生，自明以迄當代，從琉璃廠古玩鋪以至近代兩岸三地的拍賣熱，時光荏苒，二〇一八年四月，中國嘉德拍賣以高達港幣四點二億收官，金額之高，令人瞠目結舌。中國書畫的成交量是一億九千七百五十萬港幣，嶺南畫家黃賓虹晚年的〈挹翠閣落成致慶圖〉便拍出四千一百六十三萬元。[16]這樣的天價，誰人購買？恐怕絕非讀書人、畫家、研究者等非具商業能力的人可以涉足。作家董橋《青玉案》嘗引林行止的專欄寫〈藝術品有價的歷史鑑賞和投機觀〉說道：

歸納現代人高價購買藝術品的動機：一是流芳萬世，二是逃避稅務，三是視覺享受，四是投機保值，五是地位象徵，六是炫耀。花幾個兆幾個億買一件藝術品的富翁動機也許真是林先生說的動機，蕭老夫子讀了專欄說幸虧我們都沒有這樣富貴的命數，平日裏玩古董玩的也只文人的案頭小品不是流芳的天價名作，沒法扣稅，無從投機，難補地位，說什麼也擠不進 Geraldine Keen 和 Judith Benhamou-Huer 的論據[17]。

「附庸風雅」仍可期待。然而，文玩、藝術品自明至今水漲船高，絕不僅是文化文人之物，在愛富、炫富的今日，「文人之物」貴重在於商品價格，風雅不是必要，「附庸」才是絕對必要。尤其，商業操作模式，打造明星與名牌，百業皆然。

「奢侈品」（luxurygood）的消費是一種排外性的消費，供給越少時，消費意願會越強，價格會越高，所以「奢侈品」又稱為「炫耀性商品」（ostentatious good）。擁有奢侈品帶來心理上的榮耀感，擁有者不會秘而不宣，而會拿來展示，甚而如同前述涉及董其昌與逢禧的個案一樣，被拿來較量。然而，「炫耀性商品」最怕的就是非真品，但被發現是贗品，其存在意義便整個崩潰了。

不過，頂級的奢侈品雖然務必求其為真，非屬頂級的那批消費者卻也可走在欣羨、仰慕，或者純然喜好的情形下來追求基本衣食所需之外的文化性商品。他們的經濟力不容許他們購買精品或者真貨，但他們也願意以「代替品」（substitute）的角度來取得次品或贗品。多數人的所得大於維生水準時，文化性商品的需求自然增加。這其實不只一種經濟現象，同時也是一種文化現象。不同於真品、精品所代表的菁英文化，次級品與贗品代表著庶民的文化、大眾的文化、多數人的文化。無論如何，假冒或仿製的文化商品讓芸芸眾生成為真正的人，「衣食足」後不只是「知榮辱」，而且也對美好事物有所愛好。[18]

馬健《藝術品市場的經濟學》舉白石老人之例說：「二十世紀二〇年代，齊白石初到北京的時候，由於他的藝術風格與當時的主流審美情趣和藝術理想相去甚遠，因此，『生涯落寞，畫事艱難』。不過，當陳師曾攜帶齊白石的書畫參加一九二二年在日本舉辦的中國畫展，並且將這些書畫全部售出之後，齊白石在日本一舉成名，他的書畫，在國內「潤格」也隨之上漲了幾十倍之多。對此，齊白石感慨道：『曾點胭脂作杏花，百金尺紙眾爭誇。平生羞殺傳名姓，海外都知老畫家。』雖然人們通常並不使用「吸引力」這個詞來分析影響藝術品價格的因素。但是，許多資深收藏者實際上無不深知藝術家的知名度，藝術品所涉及的題材之類的因素對藝術價格的決定性影響。藝術品所能吸引的注意力在很大程度上是影響藝術品價格的決定性因素。」[19]

每一書畫托名以寄，非仇英，即文徵明。倘若真是美的賞析，美的藝術？又何必深究「作者」身份？「物」之貴重？深究到底，恐怕與傳統士農工商，以士為首的價值難脫干係。富而好禮，得文人之物，或以文人之物綴飾以提高身份，「禮」正可襯托其在以「士」為首的社群關係中，難以攀得的身份。一如科律格所言：「明代的人一定了解『大家』在詩、書、畫等領域的含義。這些論述場域（discursive fields）在當時亦已出現各自的歷史、經典、批評和理論；正是在這些場域裏，文徵明所傳承的過往大師，及其師沈周（1429-1509）的名字，才有了意義。」[20] 購買文人書畫，效應更擴及創作者所屬整個仕族，追根究底，就是整個文人價值。

> 光榮的有閑生活既不能全部為外人所目睹，所以為博取榮譽，就必須使這種生活留下些具體的、可以看得見的成績為確證，供人衡量，並以此為據，跟處於同階級的有意於獵取榮譽的競爭者所展示的成績相比較。但是僅僅由於堅決摒絕勞動，問並沒有把邀榮取寵這類事放在心上，也沒有特意去模仿那種安富尊榮的氣派，在

這種情況下也會養成有閑的風度。尤其可能的是，這樣的有閑生活堅持不變地經過若干代以後，在個人的形態、風采上以及儀容舉止上，將留下顯著的、確切不移的痕跡。這類人受了累世的有閑生活的薰陶，對於禮儀的嫻習已經習慣成自然；但是如果再加上對於如何取得光榮的有閑標誌的刻苦鑽研，則這方面仍然可以有進一步的提高，然後在熱烈的、有系統的鍛鍊中，把脫離勞動的這類外在標誌顯示出來。很明顯，通過勤懇的努力，並不惜費用，可以使有閑階級在禮儀的精通程度上大大提高。反過來說，在禮儀上所達到的精通程度越高，對於那些沒有圖利或有實用目的的禮儀規範，其嫻習程度的證據越明顯，越充分，為了取得此項成就在時間上、物力上付出的代價越大，則所獲得的榮譽也越大。因此，在競相爭取精通禮節的情況下，守禮習慣的養成，必須費很大氣力；關於禮節的種種細目，因此也就發展成為內容廣博的紀律；凡是要保持相當榮譽的，就得信守這方面的種種科條。另一方面，這種明顯的有閑——禮節是它的一個衍生物——因此也逐漸發展成為在態度、作風方面的艱苦訓練，發展成為在愛好與事物取捨的辨別這些方面的教育，例如哪些消費品是適宜的，怎樣消費它們才是適宜的，都有一定的準繩。[21]

「正是各種能動者（agents）間的關係及作品身處的關係網路，才彰顯了物品，而物品也將反過來實現這些社會關係。……這便是阿帕杜萊的觀點，他指出在方法學上我們必須仔細關照每一件實際存在過之物品的社會生命史，即使我們接受物品所具有的多重意義並非取決於製作完成之時，而是經過時間及許多社會行為者不斷標記的結果。」[22]今日我們所見之「好物」與「偽好物」產業，無一不在顯現人們由富而雅的歷程，跨越階層，以致晉身美好。

三、盛世興收藏

馬健在其二〇一七年出版的《藝術品的市場經濟學》提到：「研究表明，中國人對藝術品的偏愛，數千年來一直從未間斷。不過，在中國歷史上，全國性的收藏熱卻只有三次。第一次出現在北宋末年，第二次出現在『康乾盛世』，第三次出現在清末民初。歷史上的這三次收藏熱有許多共同的特點：第一，上至帝王將相，幾乎都視收藏為樂事；第二，藝術品的複製品與仿製品層出不窮，而且常常以假亂真；第三，在藝術品市場上，藝術品的成交相當活躍；第四，關於收藏方面的研究成果大量湧現。」[23]

「亂世藏金銀，盛世興收藏」，以近十年來中國藝術品在世界各地創下的佳績看來，第四次的收藏熱早已到來。金錢使人目盲，亂象自也叢生。各類「鑒」字，「寶」字類節目，使管理者非祭出利器揮斬以正視聽不可。然而，倘以歷史經驗而論，文玩等藝術品在盛世大興是勢所必然。市場，亦如水，倘能適當引導，潤澤於文化之精粹絕妙之境，亦為佳事。因此，當藝術市場蓬勃，除可將資金引導至贊助並保存固有文化與當代創作。試想：當中國書畫取代國際名牌精品，躍居奢侈品的第一品項，現今的藝術品收購者，皆成文藝復興時期的文藝贊助者。再者，屢創天價的藝術品，往往吸引人們的目光，如何藉此引導學習美術史、文學史，甚至文化史。當二〇一五年成化鬥彩雞缸杯（圖2-9）以近兩億港幣吸引眾人目光時，更多人願意親近瞭解，從青花到五彩的工匠技藝，以及大明王朝的歷史。

清末民初的趙汝珍嘗言「古玩之可貴」：

> 古玩之可貴，盡人知之。惟古玩之所以可貴，除少數人理解外，社會眾生盡多莫名其妙。懷疑者有之，誤解者亦有之。懷疑者以為，寶貴古玩乃有錢階級之傲行，或系名人之盲動，藉此鳴高，故為風雅。誤解者以為，古玩之可貴在年代，凡古物即

可貴，而愈古愈可貴。其實皆非也。蓋古玩之所以可貴者，其重要之原因有二：一為古玩之自身者；一為人為者。所謂自身之原因，即古玩本質之精妙，做工之優良，後市不能仿作者。例如唐宋之書畫，其造詣之精，後世任何努力不能及；三代銅玉，其做工之精細，文字之記錄與後世考古以極大之脾助，其他各品無不稱是。且均為中國文化與藝術之最高樣本，可寶可貴，理所當然。……[24]

這是最好的時代，賞翫，從文人之事走到全民之事。在今日，博物館的教育功能與知識的全面普及，這是學習與浸潤賞翫最好的時代（圖 2-10）。甚且，這也該是創造更精粹藝術品最好的時代；提高人們的美感美學教養，創作出屬於當代，足傲漢唐明清的藝術品。

1 關於晚明的消費社會，在巫仁恕：《品味奢華：晚明的消費社會與士大夫》（臺北：中央研究院／聯經，二〇〇七年）中，從中西方對消費概念的界定，全面地審視晚明許多與消費、奢侈相關的言論與社會現象，提供了觀看晚明種種社會現象全新的評論視角。

2 關於宋代所臻物質文明景觀，參見徐飆：《兩宋物質文化引論》（南京：江蘇美術出版社，二〇〇七年）。作者由官府、民間，全面探看材料的進步，與手工技藝的精良，深刻譜繪出宋代的工藝景觀，有助於由此近一步研究工藝水準如何影響到賞玩行為與賞玩書寫的發達。

3 （英）科律格（Craig Clunas）著：《長物—早期現代中國的物質文化與社會狀況》（北京：生活．讀書．新知三聯書店，二〇一五年五月），頁二四、二五。

4 周作人選：《明人小品集》，（臺北：金楓出版社，一九八七年），頁七四。吳氏文末評述倪家山水所以特出之處，在於：「雲林自有逸於千百世之上，風於千百世之下者在。……造化自有以雄之者而豈為此拘拘也。不以畫求雲林，而雲林自在也。以畫求雲林，而雲林亦在也。以畫求雲林者，目中無人，宇宙無人，天地直一幀耳。此雲林之心，超出於三家者，是雲林之不以畫累者也。」

5 Alexander Osterwalder、Yves Pigneur，尤傳莉譯：《獲利世代：自己動手，畫出你的商業模式》（*Business Model Generation*），（臺北：早安財經文化，二〇一二年）

6 柯律格：《雅債：文徵明的社交性藝術》，（北京：生活．讀書．新知三聯書局，二〇一二年初版），頁一一四。

7 同上，頁一一二。

8 〔美〕凡勃倫（Thorstein Veblen）：《有閒階級論》，（北京：商務印書館，二〇一六年），頁三三。

9 同上，頁三六、三七。

10 邱世華等文字撰述：《偽好物：16至18世紀蘇州片及其影響》（臺北：國立故宮博物院，二〇一八年）序言。

11 陳國棟：〈贗品文物的時代背景與意義〉，《偽好物：16至18世紀蘇州片及其影響》（臺北：國立故宮博物院，二〇一八年），頁三三九。

12 顧炎武，〈歙縣風土論〉，收在《天下郡國利病書》（臺北：老古文化事業公司，一九八一年），卷三二，「江南十」，頁一〇b。

13 陳國棟：〈贗品文物的時代背景與意義〉，《偽好物：16至18世紀蘇州片及其影響》（臺北：國立故宮博物院，二〇一八年），頁三四〇。

14 史景遷：《前朝夢憶：張岱的浮華與蒼涼》（臺北：時報文化，二〇〇九年），序言。

15 沈德符，《萬曆野獲篇》（臺北，偉文，一九七六年），卷二六，頁一七二八。

16 參考「中國嘉德拍賣」官方微信，2018/04/04發文。

17 董橋：《青玉案》（香港：牛津大學出版社，二〇〇九年），頁七六、七七。

18 陳國棟：〈贗品文物的時代背景與意義〉，《偽好物：16至18世紀蘇州片及其影響》（臺北：國立故宮博物院，二〇一八年），頁三四三。

19 馬健主編：《藝術品市場的經濟學》，（臺北：崧博出版事業有限公司，二〇一七年），頁二二。

20 柯律格：《雅債：文徵明的社交性藝術》，（北京：生活．讀書．新知三聯書局，二〇一二年初版），頁八。

21 〔美〕凡勃倫（Thorstein Veblen）：《有閑階級論》，（北京：商務印書館，二〇一六年），頁四一。

22 柯律格：《雅債：文徵明的社交性藝術》，（北京：生活．讀書．新知三聯書局，二〇一二年初版），頁一七。

23 馬健主編：《藝術品市場的經濟學》，（臺北：崧博出版事業有限公司，二〇一七年），頁一〇。

24 趙汝珍：《大師經典：古玩鑒賞大師談》，（安徽：安徽人民出版社，二〇一二年），頁四。

叁、寫物言志

——從賞玩一事探看魯迅、周作人兄弟的精神核心

周作人曾說自己的閑適文章與正經文章，像是「紳士鬼」與「流氓鬼」的交替崢嶸，也像隱士與叛徒的異曲。[1]這兩組名稱標籤，似乎更適合拿來看視在中國文學史上的魯迅與周作人兄弟作品與行事的迥差風格。兄弟失和、〈閉門讀書論〉後，周作人更加純粹地倒向美文書寫，與魯迅分道揚鑣。《看雲集》裏，從金魚、虱子到莧菜梗，無一不閑適沖淡。蘆溝橋事變後，知堂滯留北平，國難聲中趨附汪偽，此漢奸之行如鉛塊拉扯著他往惡名頹墜的同時，魯迅早已成為新中國的文學圖像。戰鬥與閑適，兩人的形象與評價，天差地別遠在天平的兩端。讀著兩人的文章：「一個使你興奮起來，一個使你沉靜下去。一個使你像曬著太陽，一個使你像閑坐在樹蔭下。一個沉鬱地解剖著黑暗，卻能夠給予你以希望和勇氣，想做事情。一個安靜地談說著人生或其他，卻反而使你想離開人生，去閉起眼睛來做夢。這是什麼緣故？」[2]何其芳論其差別在於忠實與否的民族主義者，及公義與自私的不同。在魯迅的論木刻版畫、《朝花夕拾》篇章中，某種迷戀細節、戀物的追本溯源，卻看見同周作人的「草木蟲魚」般的蘊藉溫情。為什麼在漢磚瓦當，古書版本，木刻版畫等「物」上，特別顯出摩挲溫情？周作人對晚明小品的情有獨鍾，多次藉由序跋與作品，將現代散文溯源至晚明。藉由負荷情感內容的「物」，我們似乎可以尋得某種密碼，通往他們掩飾在新文學身份底下的，中國傳統文人的美學密室。

一、兄弟翫「物」，早已有之

一九三四年一月，周作人五十生辰，前後兩日寫就「牛山體」打油詩一首，以〈五十誕辰自詠詩稿〉為題，交給林語堂並載於《人間世》創刊號：

前世出家今在家，不將袍子換袈裟。
街頭終日聽談鬼，窗下通年學畫蛇。
老年無端玩骨董，閑來隨分種胡麻。
旁人若問其中意，且到寒齋吃苦茶。
半是儒家半釋家，光頭更不著袈裟。
中年意趣窗前草，外道生涯洞裏蛇。
徒羨低頭咬大蒜，未妨拍桌拾芝麻。
談狐說鬼尋常事，只欠工夫吃講茶。

五四運動初期，周作人提出「人的文學」，於新文學強調個人主義與人的覺醒，激起積極作用。[3]對於政治與群眾，他同樣有熱情與迎合，三一八女師大風潮時，他激亢發聲，寫作〈碰傷〉嘲弄請願受阻一事；〈可憐憫者〉則痛加咒罵偽文明與偽道德。然而，接續而來的事件：張作霖入關主政、《語絲》停刊、同劉半農避居遠禍。[4]

水能載舟，亦能覆舟，恰如他的新詩〈小河〉：「我生在小河旁邊，夏天晒不枯我的枝條，冬天凍不壞我的根。如今只怕我的好朋友，將我帶倒在沙灘下，伴著他帶來的水草。我可憐我的好朋友，但實在也為我自己著急。」[5]這個古老的憂懼時現時隱，他的腳步有些裹足遲疑，〈閉門讀書論〉與〈國慶日頌〉正是他轉身進門，流連書寫非關國家大事等「小擺設」的宣言。

此一五十自壽打油詩，周作人禪意通徹，真豁達真要隱逸；他回身走向書房的腳步像是被外界猛一推促、不得已地推往書齋，只得玩起骨董，意趣閑然喫起苦茶。其實，檢視周作人日記便可發現，這玩骨董拾芝麻的閑事，很早就開始。周作人寫日記的習慣，始於一八九八年，直到《知堂回想錄》，長達六十三年。日記記事，本是常態，他的日記則不只記事，尤其著墨記「物」。

正月廿八日，陰，去。（案即去看祖父的略語。）下午，豫亭兄偕章慶至，坐談片刻，偕歸。收到《壺天錄》四本、《讀史探驪錄》五本、《淞隱漫錄》四本、《閱微草堂筆記》六本。

廿九日，雨。上午兄去，午餐歸。兄往申昌購《徐霞客遊記》六本，《春融堂筆記》二本，宋本《唐人合集》十本有布套，畫報二本，白奇（旱煙）一斤，五香膏四個。

二月初一日，雨。上午予偕兄去，即回。兄往越帶回《歷下志游》兩本，《淮軍平捻記》二本，《梅嶺百鳥畫譜》二本錦套，《虎口餘生記》一本，畫報一本，《紫氣東來圖》一張著色，中西月份牌一張。予送之門外，頃之大雨傾盆，天色如墨。[6]

日記中伴隨記「物」文字，且屢屢出見「兄」的身影，顯然便是大名鼎鼎的新文學之父魯迅。

二、收藏家身份的魯迅

其時，周氏兄弟尚未赴日，新文學運動仍未啟動；魯迅與周作人如中國舊文人一般讀書、一樣搜求版本，或兼有留心文物的習慣。從魯迅日記觀察，在初到北京的一九一二年起，他已經開始收藏書畫碑帖，兼及文玩小物，如一九一二年冬天《魯迅日記》所載：

十一月十六日　午後收本月俸銀二百二十元。。往留黎廠購《董香光山水冊》一冊，一元二角；《大滌子山水冊》一冊，一元；《石谷晚年擬古冊》一冊，八角。

十一月十七日　陰。星期休息。午後赴留黎廠神州國光社購《唐風圖》、《金冬心花果冊》各一冊，共銀三元九角。又往文明書局購元《閻仲彬惠山復隱圖》、《沈石田靈隱山圖》、《文徵明瀟湘八景冊》、《龔半千山水冊》、《梅瞿山黃山勝跡圖冊》、《馬扶曦花鳥草蟲冊》、《馬江香花卉草蟲冊》、《戴文節仿古山水冊》、《王小梅人物冊》各一冊，又倪雲林山水、惲南田水仙、仇十洲麻姑、華秋岳鸚鵡畫片各一枚，共銀八元三角二分。

十一月二十四日　星期休息。午後曇，有雪意。下午以一小篋郵寄二弟，篋內計《中國名畫》第一至第十三集共十三冊，又《黄子久秋山無盡圖卷》、王孤雲《聖跡圖》、《徐青藤水墨花卉卷》、《陳章侯人物冊》、《龔半千細筆山水冊》、《金冬心花果冊》均一冊，又《越中先賢祠目序例》一冊。

十二月十二日　上午許季上、戴蘆舲、齊壽山自奉天調核清宮古物歸，攜來目錄十餘冊，皆磁、銅及書畫之屬。又攝景十枚，內有李成《仙山樓閣圖》極工緻。又有崔白刻絲《一路榮華圖》，為鷺鷥及芙蓉，底本似佳，而寫本不善。

十二月十四日　午後收二年曆書一冊。下午赴留黎廠購《王無功集》一冊，五角；《景德鎮陶錄》一部四冊，乙元；《戴文節銷寒畫課》一帖十枚，六角四分；《費曉樓仕女畫冊》一冊，八角。7

一九一三年春天又記：

二月二日　星期休息。……午後許季上來，同往琉璃廠閱書，購《爾雅翼》一部六冊，一元。又購北邙所出明器五具，銀六元，凡人一、豕一、羊一、鶩一，又獨角人面獸身物一，有翼，不知何名。（圖3-1）

二月二日　往留黎廠，又購明器二事：女子立象一，碓一，共一元半。

二月五日　晴，風。……過一骨董肆，見有膽瓶，作豇豆色，雖微瑕而尚可玩，云是道光窯，因以一元得之。8

魯迅在短短的四天中，有三天去購買陶瓷器，可見他喜歡的程度了。除此之外，又：「四月十一日 晴。……至琉璃廠買……磁碗一枚，一元。」[9]（圖3-2），更如：「因為翻衣箱，翻出幾面古銅鏡子來，大概是民國初年初到北京時候買在那裏，『情隨事遷』，全然忘卻，宛如見了隔世的東西了。」（圖3-3）[10]興趣之物頗多。魯迅同時又手繪所購明器，並題識，如他寫道：「此鬚翹起如洋鬼子亦奇，今已與我對面而坐於桌上矣。」手稿今存。題識文字精采有趣，活靈活現。

他曾任職北京教育部社會教育司僉事，其間，開始大量搜集各種碑拓的。一來，與業務相關，魯迅在擬定工作綱領《擬播布美術意見書》時，在「保存事業」專案下寫道：「碑碣：推拓既多，日就漫漶，當申禁金，俾得長存。」[11]不僅通過教育部發出專文，敦促有關部門做好文物保護工作，而且身體力行，搜集及研究繪畫和書法作品，購買了許多歷代名人書畫冊頁與著名碑帖，作為研究、臨習之用。一九一四年開始，除大力搜集各家佛經，隨之兼及歷代佛教造像。

他的收藏之路，而後更擴及金石拓片，直到晚年在上海，還曾託請友人代搜南陽漢畫像及其他金石拓片，一九三六年便得購入一百七十五枚，可見其收藏熱度，一生未曾消滅。

倘我們仔細審看他用以攻訐當時文壇的著名文章〈小品文的危機〉：

現在的新的青年恐怕也大抵不知道什麼是「小擺設」了。但如果他出身舊家，先前有過玩弄翰墨的人，則只要不很破落，未將覺得沒用的東西賣給舊貨擔，就也許還能從塵封的廢物中，尋出一個小小的鏡屏、玲瓏剔透的石塊、竹根刻成的人像，古玉雕出的動物、繡得發綠的銅鑄的三腳癩蝦蟆：這就是所謂的「小擺設」。[12]（圖3-4）

他大聲疾呼：「在風沙撲面，狼虎成群的時候，誰還有這許多閑工夫來賞玩琥珀扇墜，翡翠戒指呢？他們即使要悅目，所要的也是聳立於風沙中的大建築，要堅固而偉大，不必怎樣精；即使要滿意，所要的也是匕首和投槍，要鋒利而切實，用不著什麼雅。」然而，其用以鋪成而出的小擺設之列，恐怕沒有「玩」過，還真無法書寫！鏤雕雅石、古玉獸偶、綠繡銅器……魯迅真是懂得「小擺設」的人啊。

魯迅最為喜愛的漢石畫像，原是漢代人雕刻在墓室、祠堂、石闕上的壁畫，既承戰國繪畫充滿生命力又古樸的風格，下更開啟魏晉旖旎。這顯然也與他小時深愛的繪畫童書有關。他曾充滿深情地回憶長媽媽送給他《山海經》的情形，說道：「這四本書，乃是我最初得到，最為心愛的寶書。書的模樣，到現在還在。可是從還在眼前的模樣來說，卻是一部刻印都十分粗拙的本子。紙張很黃；圖像也很壞，甚至於幾乎全用直線湊合，連動物的眼睛也都是長方形。」[13]魯迅熱愛漢畫像，《魯迅日記》一九一三年九月十一日即載有：「胡孟樂貽山東畫像石刻拓本十枚。」[14]這是魯迅收集漢畫像石的最早記錄。從此日記中便常見魯迅於北京琉璃廠等地搜集購藏的紀錄。除己身收集，並不時托友人代購。一九一四年開始，他的觸角開始擴及各種佛經，隨之開始關心歷代佛石刻造像，大量搜集各類碑帖，尤其以漢代畫像碑拓為主（圖 3-5）。魯迅曾對許壽裳說：「漢畫像的圖案，美妙無倫，為日本藝術家所採取。即使一鱗半爪，已被西洋名家交口贊許，說日本的圖案如何了不得，了不得，不知其淵源固出於我國的漢畫呢！」魯迅對中國繪畫有著自己獨到的見解：「我想，唐以前的真跡，我們無從目睹了，但還能知道大抵以故事為題材，這可以取法的；在唐，可取佛畫的燦爛，線畫的空實與明快，宋的院畫，萎靡媚之處當舍，周密不苟之處是可取的。」[15]

據資料統計，自一九一三年至三〇年代，魯迅所購石刻畫像的拓片六千多種，並加以抄錄、勘校與整理。在致友人的信中魯迅屢屢盛讚漢人石刻「氣魄深沉雄大」。如一九三五年十一月十五日，魯迅致信臺靜農道：「我陸續曾收得漢石畫像一篋，初擬全印，不問完或殘，使其如圖目，分類：一、摩崖；二、闕、門；三、石室、堂；四、殘雜（此類最多）。」他收到最後一批南陽漢畫像拓片的兩個月後，便與世長辭了。他選印漢畫像的計劃，生前未得實施。直到一九八六年，才由北京魯迅博物館和上海魯迅博物館共同編輯的《魯迅藏漢畫像》，並出版。

器物之中，魯迅並且喜歡多用為陪葬明器的唐三彩。一如藉物明志，見三彩如見大唐，他的《看鏡有感》一文中所說：「漢唐雖然也有邊患，但魄力究竟大，人民具有不至於為異族奴隸的信心，或者竟毫未想到，凡取用外來事物的時候，就如將被俘來一樣，自由驅使，絕不介懷。」[16] 魯迅仍是那個困身鐵皮屋中，時時想要喚醒怯懦愚昧的中國。由此可以探知他於藝術中何以對版畫最為鍾情了。

魯迅從擔任北京《莽原》編輯開始，便留心收集版畫。一九二八年，他與友人建「朝花社」，為使版面增色與美化，大量使用版畫以為插圖；這方式，後來更促成《藝苑朝華》，專門提倡木刻版畫，待一九二九年魯迅為上海《一八藝社》撰寫引言後，他的版畫收藏範疇已不僅僅只於中國了，德、日、美、俄，世紀初蔚為大家的作品，皆在其列

（圖 3-6）。插畫源自拉丁文「illustraio」，意指照亮之意，使用於書籍字裏行間，可使意義表現更清晰、有趣；以視覺形式傳達或更凸顯意義。魯迅熱愛收藏或使用插畫，由此可見其意欲凸顯者。以他收藏的德國版畫家凱綏·珂勒惠支的〈麵包〉為例，魯迅說：

> 飢餓的孩子的急切的索食，是最碎裂了母親的心的。這裏是孩子們徒然張著悲哀、而熱切地希望著的眼，母親卻只能弓了無力的腰。他的肩膀聳了起來，是在背人飲泣。她背著人，因為肯幫助的和她一樣的無力，而有力的是橫豎不肯幫忙的。她也不願意給孩子們看見這是剩在她這裏的僅有的慈愛。——（《凱綏·珂勒惠支版圖選集》序言）[17]（圖 3-7）

在《〈母親〉木刻十四幅》裏，魯迅則使用了蘇聯畫家亞歷克舍夫的插圖，說道：

> 高爾基的小說《母親》一出版，革命者就說是一部「最合時的書」。……這十四幅木刻，裝飾著近年的新印本的。刻者亞歷克舍夫，是一個剛才三十歲的青年，雖然

技術還未能說是十分純熟，然而生動，有力，活現了全書的神采。便是沒有讀過小說的人，不也在這裏看見了黑暗的政治和奮鬥的大眾嗎？[18]（圖 3-8）

《近代木刻選集》序言中，對於他所收藏的一幅俄國畫家陀蒲晉斯基的「窗」，如是言之：

陀蒲晉斯基（M.Dobuzinski）的窗，我們可以想像無論什麼人站在哪裏，如那個人站著的，張望外面的雨天，想念將要遇見些什麼。俄國人是很想要站在這個窗下的人的。[19]（圖 3-9）

魯迅所「張望」者，為何？生存與戰鬥、匕首與投槍，是魯迅小品文理論的要義；他以大量的戰鬥性雜文創作實踐了他所提出的理論。這些戰鬥性極強的雜文從各個角度和層面尖銳地批判中國傳統流存而下的禮教與積習：中國人的奴才性格、女子所受的不平等待遇、或是中國面臨外來影響後社會上光怪陸離的現象等，都像一把極利的尖刀，一刀劃開了淺藏於下的黑暗面。就是這樣頑強的創作理念與實踐，使魯迅在中國現代文學史上以其鮮明的時代精神而獨樹一格，也正因為如此，魯迅在中國共產黨爭權的過程中被抬高成：「一個受人愛戴的愛國的反政府發言人」[20]享有被神話化了的殊榮。

伴隨著政治革命而來的五四新文學運動，當時的知識份子以文學作為改革思想的工具，並從理論提倡與實際創作兩面著手，以達到建立新文學的目的，此些努力使得五四文學運動呈現出不同於往的蓬勃朝氣。而形成這種蓬勃朝氣原因，尤其在於五四時期的知識份子以異常積極的態度引進方理論與西方思潮，並且是在併棄傳統的前題下，積極橫移西方思潮的基礎下進行的。如陳獨秀的《文學革命論》所言：「踞吾人精神界根深底固之倫理，道德，文學，藝術諸，莫不黑幕層張，垢污深積。」[21]大部份的知識份子就像陳獨秀一樣，將中國傳統的倫理道、文學藝術視如急欲揮去的黑幕，並將希望寄托在西方的一切成果。由於整個五四思潮譜系的建立，是在對傳統遺棄和積極橫移西方思潮的基礎下進行的，所造成的一個現象就是徹底地對自身文化的失位感。我們因此不能忽略身為新文學戰將，魯迅，藉「物」釋放出的訊息。

他曾說：「我的雜文，所寫的常是一鼻，一嘴，一毛，合起來已幾乎是或一形象的全體。」[22]當我們將魯迅所有的雜文一一仔細地過濾篩檢，就會發現，在魯迅「投槍匕首」小文理論和他以「冷嘲熱諷」筆法在不同時期與不同政治團體戰中寫出的戰鬥性雜文之間，隱隱有著一塊灰色地帶。這片灰色地帶包括有《朝花夕拾》的回憶的小品文（圖3-10）（圖3-11），有《華蓋集續編》中的〈無花的薔薇〉系列和〈紀念劉和珍君〉的雜感，《且介亭雜文》中的〈阿金〉、〈弄堂生意古今談〉、〈寫在深夜裏〉、〈我的第一個師父〉等，甚至是他死前一個月所下的〈死〉、及〈女弔〉等文字，其間所流露的溫情、感傷、懷舊、甚至是對傳統風俗的著迷與考究癖，這不僅是魯迅畢生始終立場明確誅伐的，更是我們陌生的魯迅。因此，不禁使人發想：什麼是魯迅雜文形象的全體呢？

顯然地，我們不能遺漏這塊拼圖。灰色地帶中，存在一些「非戰鬥性雜文」。這些回憶故鄉、回憶童年的情緒，澎湃的熱情，對古銅鏡、紙箋的細膩情感，往往是魯迅用以批判他人的理由，卻在魯迅筆下以溫馨的態勢出現。正如一九九五年出版的《魯迅散文選》[23]，便將此些「不符合」魯迅小品文理念的作品全數收羅。似在時間的沖刷下，它們反而從一些尖銳的文字中浮現出來，且顯得動人有緻。

在《北京箋譜》與《十竹齋箋譜》問世前後，魯迅與鄭振鐸通信多封（圖3-12）。寫得都很有意思，比如一九三三年二月五日的信寫道：

年冬回北平，在琉璃廠得了一點箋紙，覺得畫家與刻印之法，已比《文美齋箋譜》

時代更佳，譬如陳師曾齊白石所作箋譜，其刻印法已在日本木刻專家之上，但此事恐不久也將銷沈了。

倘有人自備佳紙，向各紙鋪擇優對於各派各印十至一百幅，紙為書葉彩形，彩色亦須更加濃厚，加上序目，訂成一書，或先約同人，或成後售之好事，實不獨為文房清玩，亦中國木刻史上之一大紀念耳。[24]

「文房清玩」四字，多麼「不現代」，如此「不魯迅」，但它們與寫實主義版畫，同為魯迅之全體。

人感到寂寞時，會創作；
一感到乾淨時，即無創作，他已經一無所愛。
創作總根源於愛。
楊朱無書。[25]

「全體的」魯迅，深蘊著「愛」。

三、收藏家周作人

同樣地，時間往後延展，周作人在晚年的自述傳記末尾，特意寫下〈金石小品〉一章，擇出日記中有關金石收藏的段落，並加說明。[26]他選擇記下的，是輾轉半世紀後仍在身邊的寥寥數物：六朝「龜鶴齊壽」大泉一枚、三國殘磚一塊、建初大吉崖磚一塊⋯⋯。其實更多的「物」在其小品文中俯拾可見身影；知堂先生藉物抒情寫志，版本、書話、野菜、烏篷船、蒼蠅，其閑適小品的套式，清晰可尋。

收入《書房一角》的〈龍虎瓦〉，首敘「三十年冬，在北京得瓦當拓本，文為龍虎各一，右題字曰，漢倉龍白虎瓦」，次敘來源，再詳描形制：

> 案羅振玉編秦漢瓦當文字卷四畫瓦類第一圖青龍瓦，文與此正同，但稍大耳，註云齊吉金寶藏。白虎則別是一枚，圖樣工整，與龍相稱，疑所載四靈原是一組也。此虎筆畫簡略，圓目屈尾，狀甚詼詭，在瓦中或當屬罕見之品歟。[27]

對應中國賞玩書寫脈絡，我們十分眼熟地看到宋代蘇易簡、趙希鵠等人建立的書寫範：

首先敘事，次講製作，三是雜說，四為辭賦。[28]如：

> 餘姚有一達官家有古銅盆，大如火爐而州唯有十二環。婺州馬鋪嶺人家掘得古銅盆，兩環乃在腹之下、足之上。此二器，文字所不載，或以環低者為古奇器。
>
> 道州民於春陵塚得古鏡，背上作菱花四朵極精巧，其鏡面背皆用水銀，即今所謂磨鏡藥也。鏡色略昏而不黑，並無青綠色及剝蝕處，此乃西漢時物，入土千年，其質並未變，信知古銅器有青綠剝蝕者，非三代時物無此也。或傳，嵊縣僧舍治地得磚，有永和字。及得銅器，如今香爐而有蓋。蓋上仰三足如小竹筒，空而透。上筒端各有一飛鶴，爐下亦三足，別有銅盆承之。
>
> ——《洞天清錄集》[29]

參比周文與《洞天清錄集》兩例，其述文推演方式如出一撤，先敘事、次說產地與製作、再考其典故與軼聞，終以讚詠做結。如其〈買墨小記〉從：「日得一半兩墨，形狀凡近，兩面花邊作木器紋，題曰，會稽扁舟子著書之墨，背曰，徽州胡開文選煙，邊款雲，光緒七年。」開始，考會稽扁舟子其人其事，再轉胡開文選墨諸體製，驗之前人筆記所載蛛絲，末尾，則感性書寫：

> 墨緣堂墨有好幾塊，所以磨了來用，別的雖然較新，卻捨不得磨，只是放著看看而已。從前有人說買不起古董，得貨布及龜鶴齊壽錢，製作精好，可以當作小銅器看，我也曾這樣做，又搜集過三五古磚，算是小石刻。這些墨原非佳品，總也可以當墨玩了，何況多是先哲鄉賢的手澤，豈非很好的小古董乎。我前作《骨董小記》，今更寫此，作為補遺焉。[30]

如斯相似，唯一不同之處，則在於周作人小品文與中國傳統賞玩書寫，有迢迢千百年之遙，且又隔分古典與現代，除此之外，其精神核心，實無二致。這個察覺，不禁讓人想細究，作為新文學散文理論與創作的最大宗師，周作人時跨新舊文學、新舊時代，他的為文與為人，是否代表某種創作者典型或縮影？又，掩藏在新文學面貌下，周作人玩物寫物，其實仍不脫文人賞玩傳統。

四、白話散文的源頭在晚明

新文學運動之初，周作人是最早對現代小說與散文提出理論建樹的。[31]在當時文壇學界以打倒孔家店等極端方式，與古典文學劃清界線的表態中，周作人不避古典、且援引古典為當代溯源的姿態，尤其顯眼。反覆多次地，周作人為現代小品文上溯源流，如：

一九二六年五月五日　致俞平伯書信：我常常說現今的散文小品並非五四以後的新出產品，實在是「古已有之」，不過現今重新發達起來罷了。由板橋冬心溯而上之這班明朝文人再上連東坡山谷等，似可編出一本文選，也即為散文小品的源流教材，……。現在的小品與宋明諸人之作在文字上固然有點不同，但風致實是一致，或者又加上了一點西洋影響，使他有一種新氣息而已。[32]

一九二八年五月十六日　為俞平伯散文集《雜拌兒．跋》：現代的散文好像是一條湮沒在沙土下的河水，多年後又在下流被掘了出來；這是一條古河，卻又是新的。[33]

一九二八年十一月二十二日　為俞平伯散文集《燕知草．跋》：中國新散文的源流，我看是公安派與英國小品文兩者所合成，而現在中國情形又似乎正是明季的樣子，手拿不動竹竿的文人只好避難到藝術世界裏去，這原是無足怪的。[34]

一九三一年七月五日　為廢名小說集《棗》和《橋》作序：現代的文學悉本於「詩言志」的主張，所謂「信腕信口皆成律度」的標準原是一樣，但庸熟之極不能不趨於變，簡潔生辣的文章興起，正是當然的事……散文的這個趨勢我以為是很對的，同是新文學而公安之後繼以竟陵，猶言志派新文學之後總有載道派的反動，此正是運命的必然，無所逃於天壤之間。[35]

一九三四年十一月十三日　作《重刊袁中郎集》序：公安派在明季是一種新文學運動，反抗當時復古贗古的文學潮流，……中郎是明季新文學運動的領袖，……他的遊記最有新意，傳序次之。……明季的亂世有許多情形與現代相似，這很使我們對於明季人有親近之感，公安派反抗正統派的復古運動，自然更引起我們的同感。[36]

一九四五年七月二十七日　作《關於近代散文》，說明他編訂近代散文的情形：可以分作兩路，一是敘景兼事的紀遊文，一是說理的序文，大抵關於思想文學問題的。……明末這些散文，我們這裏稱之曰近代散文，雖然已是三百年前，其思想精神卻是新的，這就是李卓吾的一點非聖非法氣之遺留，說得簡單一點，不承認權威，疾虛妄，重情理，這也就是現代精神，現代新文學如無此精神是不能生長的。[37]

檢篩並羅列周作人有關小品文的理論看法，便會發現自一九二六年開始，到一九四五年，長達近二十年的時間；從初入北平文壇學界，到對日抗戰勝利、周氏因漢奸之名下獄前，晚明小品／現代散文源流，一直是他念茲在茲的議題。他一方面在任何可能的場域發表看法，一方面則以大量的散文作品，實踐新散文即新「晚明」小品的論調。

在理論上，最集中具體的展現，即是他所選編《明人小品集》，[38]從序言到內容，全面示範其所謂現代散文「古已有之」。該書從文章體裁分四卷：雜文書信、雜記、序跋、小傳。內容則從閨房雅供、峰嶺岩崖、鬬雞冶遊無所不包；然而，其無所不包的內容，卻是「正夫婦，成孝敬，厚人倫，美教化，移風俗」之載道人士所不願眷顧不屑書寫的。這在明代中期以後，日漸僵死的朝政與沉沉昏昧的復古文學運動下，部份文人用看似悖德極端的方式，對抗當權，表現其「目極世間之色，耳極世間之聲，身極世間之鮮，口極世間之譚」（袁宏道語）[39]舉措，其實亦與兩宋以來繁盛的物質文化有關。

五、閑適與逃遁風格的周作人

借物寫情，藉物逃遁，周作人選輯明人小品，也藉此大方明志。他說：「我是一個不歡喜裝腔作調的人，因此也就不喜歡那種裝腔作調的文章，漢魏六朝文同韓柳歐蘇以至桐城派那種『文以載道』的文章，於我的個性不太相合，有時讀了要頭疼。但是明朝這一些向來被人輕視的小品文字，我卻愛不忍釋。」[40]一面上溯現代散文源流於晚明小品，抬高其地位，另一面亦藉此反擊當時文壇以「小擺設」之名對他閑適文章的污蔑。如其〈冬天的蠅〉盛讚谷崎潤一郎下列文字，飄逸幽默、誠懇深切，譽為最佳隨筆：

> 我喜歡記載日常所見聞的世間事件，然而卻不欲關於這些試下是非的論斷。這因為我自己知道，我的思想趣味是太遼遠地屬於過去之廢滅的時代也。……
>
> 在陋屋的庭院裏野菊的花亦既萎謝之後，望著顏色也沒有的枇杷花開著，我還是照常反覆念那古詩，羈鳥戀舊林，池魚思故淵。這樣地，我這一身便與草木同樣地徒然漸以老朽罷。[41]

周作人即使錄下所愛的文字，其屬性同樣如此濛濛淡遠，就像他的散文內容，即使沈重無比，也能輕輕拾起、幽幽放下。對於晚明諸人憤而著書的歷史處境，知堂顯然忽略了（或有意避去），這是騷憂以來的大傳統：「其文約，其辭微，其志潔，其行廉，其稱文小而其指極大，舉類邇而見義遠。其志潔，故其稱物芳；其行廉，故死而不容自疏。濯淖污泥之中，蟬蛻於濁穢，以浮游塵埃之外，不獲世之滋垢，皭然泥而不滓者也。推此志也，雖與日月爭光可也。」（《史記・屈賈列傳》）只不過，晚明文人所處時代更加壓抑、無光、變形，連逃遁二字都無力吐出，其悲憤只能用戲謔，以佯狂，藉自殘，用遊戲之筆記破蹇餘生。俞平伯重刊《陶庵夢憶》，周作人為序，寫道：

《夢憶》大抵都是很有趣味的。對於『現在』，大家總有點不滿足，而且此身在情境之中，總是有點迷惘似的，沒有玩味的餘暇。所以人多有逃現世的傾向，覺得只有夢想或是回憶是最甜美的世界。講烏托邦的是在做些滿願的晝夢，老年人記起少時的生活也覺得愉快，不，即是昨夜的事也要比今日有趣：這並不一定由於什麼保守，實在是因為這些過去才經得起我們慢慢地撫摩賞玩，就是要加減一兩筆也不要緊。遺民的感嘆也即屬於此類，不過它還要深切些，與白髮宮人說天寶遺事還有點不同，或者好比是寡婦的追懷罷。

確實，張岱於書寫下天台牡丹、奔雲石、禊泉、湖心亭看雪、二十四橋風月、金山競渡、揚州瘦馬、紹興燈景、水滸牌、仲叔收藏、西湖七月半等林林總總，以細瑣物事、風雅閑情，密密縫織其追憶似水流年，但往事辛酸，血淚不堪回首，哪裏是周作人「趣味」二字、疏散調笑地以寡婦追懷可以比擬。張宗子自序：

> 陶庵國破家亡，無所歸止，披髮入山，駴駴為野人。故舊見之，如毒藥猛獸，愕窒不敢與接。作自輓詩，每欲引決，因《石匱書》未成，尚視息人世，然瓶粟屢罄，不能舉火，始知首陽二老，直頭餓死，不食周粟，還是後人粧點語也。

如其〈金山夜戲〉，疏疏殘雪之夜，與小僕搬演大戲於金山寺大殿，鐘鼓喧闐，興至而還。一寺僧人以手背攠眼翳，翕然張口，目送山腳，不知是人、是怪、是鬼？張宗子著《陶庵夢憶》、《西湖夢尋》亦如此境，癡坐佇想：「莫是夢否？」；「得是夢便好！」搦管淚下，國破家亡之痛，非周作人輕快之語可以掩抑！

一九一七年的冬天，周作人經魯迅介紹，於北京大學附設之國史編纂處任編輯員，後聘為北京大學文科教授，開始積極參與發軔初期的新文學運動。其間，除翻譯大量西方經典，更發表大量散文隨筆以抨擊固有禮教與顢頇當局；然其後遁入閑適書寫，又如此明顯與前期風格斷裂。這不禁讓我們憶起他生命中兩次決定性的重要事件：與魯迅的決裂，及他的附偽、漢奸一事。[42]以後者為例，七七事變後，北京大學南遷，各方關切，知堂先生仍滯留北平。一九三四年元旦，周作人在家遇刺，看來是他選擇附偽的關鍵，但周從未說明清楚，《知堂回想錄》中，亦僅以〈元旦的刺客〉、〈從不說話到說話〉兩則略敘經過，但亦不辯解，他說：「古來許多名人都曾寫過那些名稱懺悔錄，自述傳或是回憶的文章，裏邊多是虛實淆混。」又舉自己寫在一九三八年的〈讀東山說苑〉為例：

《東山說苑》卷七云，倪元鎮為張士信所窘辱，絕口不言，或問之，元鎮曰，一說便俗。此語殊佳，余澹心記古人嘉言懿行，然成書八卷，以余觀之，總無出此一條之右者矣。[43]

不論書信日記，周作人均淡默處之，一如他面對晚明諸人的傷痛，總是淡淡數筆，記以野草閑花。如此探看，周作人究竟是有意忽視？或是真正拾掇晚明賞玩書寫的真義？或者，他從心底的認知，書寫與真實人生，根本兩碼子事？

六、對於天地與人既然都碰了壁，那麼留下來的只有「物」了。

為人生？為藝術？這是五四新文學運動肇始以來，便受各方援引爭論不休的議題。喪志？或藝術？周作人在文學史的評價如此兩極。新文學運動之初，他的名氣遠勝於魯迅，隨著魯迅的戰鬥姿態與早逝、知堂附敵，曾有一段時間，他是因回憶魯迅、整理魯迅，而被人們接受。[44]淡薄如沈從文，在〈從周作人魯迅作品學習抒情〉就講的中庸，他說：「周作人作品和魯迅作品，從思想表現概念的方式說似乎不宜相提並論：一個近於靜靜的獨白；一個充滿恨恨的詛咒。一個充滿人情溫暖的愛，理性明朗虛廓，如秋天，如秋水，於事不隔；一個充滿對於人的厭憎，情感有所蔽塞，多憤激，易惱怒，語言轉見出異常天真。然而，有一點卻相同，即作品的出發點，同事一個中年人對於人生的觀照，表現感慨。」[45]程光煒編《周作人評說八十年》序言提及，翻讀二十至四十年代的各種舊刊，總是和一個名字相遇。「一九二六年冬，朱光潛在一篇文章裏準確地描述過這一「感覺」，他說：

我們同周先生坐在一塊，一口一口地啜著清茗，看著院子裏花條蛤蟆戲水，聽他講故鄉的野菜、北京的吃食、二十年前的江南水師學堂和清波門外的楊三姑一類的故事、卻是一大解脫。

看到這段話，不禁讓人啞然失笑。這是知堂老人一生談得最多的話題，生前死後為人詬病的，多半也在這一方面。」[46]然而，時光迢遠，歷史的功過是非似乎更加瘖瘂難辯。走進二十一世紀，周作人又以其雅雋清杳、古拙疏野的小品文，進入讀者的閱讀版圖，且深受喜愛。他晚年最重要的著作《知堂回想錄》裏，溫情地回憶故鄉，引魯迅寫在《朝花夕拾》小引中的一節：

我有一時，曾經屢次憶起兒時在故鄉所吃的蔬果，菱角，羅漢豆，茭白，香瓜。凡這些，都是極其鮮美可口的，都曾是使我思鄉的蠱惑。後來，我在久別之後嚐到了，也不過如此，惟獨在記憶上，還有舊來的意味留存。

他們也許要哄騙我一生，使我時時反顧。[47]

知堂回憶的尾聲，仍寫起王梅溪《會稽三賦》的方志，寫起童年夕陽長街下，瓦缽白炭上的炙糕，與徐渭詩中早已記下的夜糖。這引逗周作人一生書寫的「物」事，在他百年之後，仍是牽引讀者閱讀，最歡悅的所在。

對於天地與人既然都碰了壁，那麼留下來的只有「物」了。[48]

回望周作人壽則多辱的一生，[49]這句話真的叫人唏噓再嘆！

1周作人：〈兩個鬼〉，《談虎集・下卷》（臺北：里仁書局（據民國十八年北新書局版影印），一九八二年），頁三九三。這流氓鬼與紳士鬼在周作人的《澤瀉集》序裏，曾變身為：叛徒與隱士（一九二七年）；到了《過去的工作》中〈兩個鬼的文章〉，周氏更清楚說：我寫閑適文章，確是喫茶喝酒似的，正經文章則彷彿是饅頭或大米飯。在好些年前我做了一篇小文，說我的心中有兩個鬼，一個是流氓鬼，一個是紳士鬼。這如說得好一點，也可以說叛徒與隱士，但也不必那麼說，所以只說流氓與紳士就好了。

2何其芳：〈兩種不同的道路——略談魯迅和周作人的思想發展上的分歧點〉，《回望周作人叢書：周氏兄弟》（開封：河南大學出版社，二〇〇四年），頁四〇。

3參見錢理群：〈周作人道路及其意義〉，《周作人論》代序（臺北：萬象圖書股份有限公司，一九九四年），頁一—二五。

4同註3，《周作人年譜》記一九二七年十月二十四日：因北新書局被迫停業、《語絲》雜誌被禁止，周作人與劉半農暫避居菜廠胡同一日本友人家，越一星期歸。劉半農曾經回憶：「紅胡（指張作霖）入關主政，北新封，《語絲》停……余與啟明同避菜廠胡同一友人家。小廂三楹，中為膳食所，左為寢室，席地而臥，右為書室，室僅一桌，桌僅一硯。寢、食，相對枯坐而外，低頭共硯而已，硯兄之稱自此始。」

5詩原作於民國八年一月，題云〈小河〉，後收於《知堂回想錄：周作人晚年自述傳》，則作〈新村與小河〉。（合肥：安徽教育出版社，二〇〇八年），頁二六五—二六七。

6周作人：《知堂回想錄（上）：周作人晚年自述傳》（合肥：安徽教育出版社，二〇〇八年），頁二八、二九。

7魯迅：〈壬子日記〉，收入《魯迅全集・第十四卷》（臺北：谷風出版社，一九八〇年），頁二六—三〇。

8魯迅：〈癸丑日記〉，收入《魯迅全集・第十四卷》（臺北：谷風出版社，一九八〇年），頁四二、四三。

9 魯迅：〈乙卯日記〉，收入《魯迅全集‧第十四卷》（臺北：谷風出版社，一九八〇年），頁一五七。王錫榮、喬麗華選編：《藏家魯迅》（上海：上海文化出版社，二〇〇九年），頁二二〇亦載此列。

10 魯迅：〈看鏡有感〉，《墳》，收入《魯迅全集‧第一卷》（臺北：谷風出版社，一九八〇年），頁一九八。

11 魯迅：〈擬播布美術意見書〉，收入《魯迅全集‧第八卷》（臺北：谷風出版社，一九八〇年），頁四二。

12 魯迅：〈小品文的危機〉、《南腔北調集》，收入《魯迅全集‧第四卷》（臺北：谷風出版社，一九八〇年），頁五七〇。

13 魯迅：〈阿長與《山海經》〉，《朝花夕拾》，收入《魯迅全集‧第二卷》，頁二三八。

14 魯迅：〈癸丑日記〉，收入《魯迅全集‧第十四卷》（臺北：谷風出版社，一九八〇年），頁七二。

15 參見錢漢東：〈做為收藏家的魯迅〉，《錢漢東考古文選》（上海：上海辭書出版社，二〇一二年），頁二七八。

16 魯迅：〈看鏡有感〉，《墳》，收入《魯迅全集‧第一卷》（臺北：谷風出版社，一九八〇年），頁一九八。

17 魯迅：《凱綏‧珂勒惠支版圖選集》序言，收入《魯迅全集‧第六卷》（臺北：谷風出版社，一九八〇年），頁四六六。

18 魯迅：《母親》，收入《魯迅全集‧第八卷》（臺北：谷風出版社，一九八〇年），頁三四九。

19 魯迅：《近代木刻選集》，收入《魯迅全集‧集外集拾遺》（臺北：谷風出版社，一九八〇年），頁三二七。

20 夏志清在《中國現代小說史》中提到：魯迅被公認為最偉大的現代中國作家，在他一生最後六年中，他是左翼報刊讀者心目中的文化界偶像。自從一九三六年，他死後不久，二十大本的《魯迅全集》就立即出版，成了近代中國文學界的大事。但是更人注意的是有關魯迅的著作大批出籠：回憶錄、傳記、關於他作品與思想的論著，以及過去二十年報章雜誌上所刊載的紀念他逝世的多得不可勝數的文章。中國現代作家中從沒有人享此殊榮。」，（香港：友聯出版社，一九七九年），頁二七。

21陳獨秀：〈文學革命論〉，《中國新文學大系．建設理論集》（臺北：業強出版社，一九九〇年），頁四四。

22魯迅：〈準風月談．後記〉，《準風月談》，收入《魯迅全集》（臺北：谷風出版社，一九八〇年），頁三九一。

23楊澤編：《魯迅散文選》（臺北：洪範出版社，一九九五年出版）。

24孫郁：《魯迅藏畫錄》（廣州：花城出版社，二〇〇八年），頁一九三。

25魯迅：〈小雜感〉，《魯迅全集．而已集》，（臺北：谷風出版社，一九八九年），頁五二九。

26周作人：「我在紹興的時候，因為幫同魯迅搜集金石拓本的關係，也曾收到一點金石實物。這當然不是什麼貴重的東西，——這裏所謂貴重，可以分作兩種來說，其一是寶貴，例如商彝周鼎，價值甚高，財力不及，其二是笨重，例如造象墓志，份量不輕，拿它不動，便都不能過問，餘下來的只是那些零星小件了。這種金石小品，製作精工的也很可愛玩，金屬的有古錢和古鏡，石類則有古磚，盡有很好的文字圖樣，我所有的便多是這些東西，但是什九多已散失，如今只把現在尚傳的記錄於下。」《知堂回想錄（下）：周作人晚年自述傳》（合肥：安徽教育出版社，二〇〇八年），頁一九七。

27周作人：〈桑下叢談．龍虎瓦〉，《書房一角》（臺北：里仁書局（據民國卅四年北京新民印書局版影印），一九八二年），頁六八。

28（宋）蘇易簡（957-995），北宋文人蘇舜欽祖父，其書《文房四譜》原有宋刊本，已佚，今存有四庫全書本、叢書集成初編等。其書以筆、墨、紙、硯譜各卷討論文房雅玩，體例首先敘事，次講製作，三是雜說，四為辭賦；前二譜說明定義、沿革、產地及製造技術，雜說在講述典故和軼聞，辭賦則匯集讚詠文房四寶相關的詩詞。《文房四譜．文具雅編》，見《叢書集成簡編》（臺北：臺灣商務印書館，一九六五年），頁三五—四七。

29（宋）趙希鵠，《洞天清錄集》，《觀賞彙錄》（上）（臺北：世界書局，一九八八年），頁二九、三〇。

30周作人：〈買墨小記〉，《風雨談》（臺北：里仁書局（據民國廿五年北新書局版影印），一九八二年），頁二〇四、二〇五。

31參見錢理群：《周作人論》（臺北：萬象圖書公司，一九九四年），頁二〇六。文中提到：「周氏兄弟是五四以來最負盛名的散文藝術家；而周作人則是五四時期，在一定意義上可以說，他的理論貢獻不在創作成就之下。」同樣的看法，溫儒敏的《中國現代文學批評史》亦提出。

32這是周作人寫在給俞平伯的書信中，後收入《周作人書信》（臺北：里仁書局（據民國廿二年青光版影印），一九八二年），頁一六一、一六二。

33周作人：《永日集》（臺北：里仁書局（據民國十八年北新書局版影印），一九八二年），頁一七三、一七四。

34周作人：《永日集》（臺北：里仁書局（據民國十八年北新書局版影印），一九八二年），頁一八〇。

35周作人：《看雲集》（臺北：里仁書局（據民國廿一年上海開明書局版影印），一九八二年），頁一九六。

36本文原是周作人為林語堂提議、劉大杰校點編訂的《袁中郎全集》之序言，後收入《苦茶隨筆》（臺北：里仁書局（據民國廿四年上海北新書局版影印），一九八二年），頁一〇〇。

37周作人：《知堂乙酉文編》（臺北：里仁書局（據香港三育圖書文具公司版影印），一九八二年），頁二八。

38查看目前幾種周作人全集版本，均未收有此《明人小品集》。目前為止，最為詳盡的《周作人年譜（1885-1967）》（張菊香，張鐵榮編著）亦未載入該書。周作人此書，因有龔鵬程導讀、重新出版的《明人小品集》（臺北：金楓出版社，一九八七年）而廣為臺灣讀者熟悉。然而書中亦未著名原書初刊時間。筆者所持，為一九五六年，臺北淡江書局版本，有原序，但亦無初刊時間。一九四五年七月，周作人開始編《近代散文》，同月二十七日，寫下〈關於近代散文〉，後收入《知堂乙酉文編》。筆者以為《近代散文》即有可能是後來的《明人小品集》，只是未見收入各種版本的周作人全集中。

39 袁宏道：〈龔惟長先生〉，收入《瓶花齋集》卷十・尺牘（萬曆二十七年己亥～二十八年庚子）。查索於維基文庫（http://zh.wikisource.org/zh/%E7%93%B6%E8%8A%B1%E9%BD%8B%E9%9B%86），2010/4/19

40 關於晚明的消費社會，參見巫恕仁：《品味奢華：晚明的消費社會與士大夫》（臺北：中央研究院／聯經，二〇〇七年）。

41 關於宋代所臻物質文明景觀，參見徐飆：《兩宋物質文化引論》（南京：江蘇美術出版社，二〇〇七年）。

42 周作人選：《明人小品集》序，（臺北：金楓出版社，一九八七年），頁三七。

43 周作人：《苦茶雜記》（臺北：里仁書局（據民國廿五年上海良友圖書公司版影印），一九八二年），頁六。

44 周氏兄弟決裂一事，考諸隱語或友人瑣談，應該與周作人妻子羽田信太掌理家中用度與狹小氣量有關。許是出於對妻子的維護，周作人總將此事隱去不提。然而，一九六〇年十月的幾則日記，記到：「六日／賣掉家中古錢、銅鏡、舊墨、書畫等物。九日／日記中記有：臨老老吵架，俾死後免得相念，大是好事。二十九日／日記中記有：擬減少佣人，家內不能通過，只得任之。甚感不快。」真真叫人讀之感傷。參見張菊香，張鐵榮編著：《周作人年譜（1885-1967）》（天津：天津人民出版社，一九九九年），頁八八一。

45 周作人：《知堂回想錄：周作人晚年自述傳》（合肥：安徽教育出版社，二〇〇八年），頁三九四－四〇〇。

46 參看孫郁、黃喬生主編：《回望周作人叢書》序言，（開封：河南大學出版社，二〇〇四年）頁一－九。

47 沈從文：《心與物游》，（北京：紅旗出版社，二〇一五年），頁一五六。

48 程光煒編：《周作人評說80年》序言，（北京：中國華僑出版社，一九九九年）頁一。

49 原文在魯迅：《朝花夕拾》，《魯迅全集》（臺北：谷風出版社，一九八〇年），頁二二五。

50 周作人：《知堂回想錄：周作人晚年自述傳》（合肥：安徽教育出版社，二〇〇八年），頁二〇〇。

51 周作人寫在《知堂回想錄：周作人晚年自述傳》緣起之語，（合肥：安徽教育出版社，二〇〇八年），頁三。

肆、自逃遁到身心安頓

——沈從文、汪曾祺文學與文物書寫軌跡

一九四八年，左翼文人郭沫若發表〈斥反動文藝〉，批判「為藝術而藝術」的朱光潛、梁實秋、沈從文等人，文中指沈為「看雲摘星的風流小生」、「存心不良，意在蠱惑讀者，軟化人們的鬥爭情緒」[1]。一連串的打擊與威脅下，沈從文陷入極大的恐懼憂鬱，他寫下：「我應當休息了，神經已發展到一個我能適應的最高點上。我不毀去也會瘋去。」「燈熄了，罡風吹著，出自本身內部的旋風也吹著，於是息了。一切如自然也如夙命。」[2]等囈語狂言，如預告，也如遺言，兩度自殺未遂，沈從文從此封筆，告別小說創作。但這變化並未毀滅他的創作，造物轉給了我們另一個沈從文，另一種形式、另一種形態的——藝術研究的沈從文。

沈從文的轉行，許是歷史的參差，然而，他投入文物研究的熾熱情感，卻示範另一種典型，引導與他同樣質地素樸的汪曾祺，在小品文的創作上成績斐然。這對師生結緣超過半世紀，在他們的賞玩書寫中，時代的煙硝火氣柔和成織錦上的雲靄團團。論物寫物，「物」是他們研究深究的體，卻也傾注歷史的厚度予他們；「物」的研究與書寫，前有宋、明諸家，近有周作人，它究竟是錯近人世的遁逃之所？或是就贖？

一、生命的轉折

照我思索，能理解「我」。
照我思索，可認識「人」。
生命在發展中，變化是常態，矛盾是常態，毀滅是常態。生命本身不能凝固，凝固即近于死亡或真正死亡。惟轉化為文字，為形象，為音符，為節奏，可望將生命某一種形式，某一種狀態，凝固下來，形成生命另一種存在和延續，通過長長的時間，通過遙遙的空間，讓另外一時另一地生存的人，彼此生命流注，無有阻隔。文學藝術的可貴在此。

——沈從文〈抽象的抒情〉[3]

一九二三年，沈從文發了一場幾乎奪去性命的熱病，病癒的他，見到朋友陸弢遭迴流捲下的屍骸，對於生、活著，他發出了疑問：「我病死或淹死或到外邊去餓死，有什麼不同？若前些日子病死了，連許多沒有看過的東西都不能見到，許多不曾到過的地方也無處走去，真無意思。我知道見到的實在太少，應知道應見到的可太多，怎麼辦？」[4]

幾個月後，在北京西河沿一家小客店，他在旅客簿上寫下：

沈從文年二十歲學生湖南鳳凰縣人[5]

此後，這個名字，是多部二十世紀中國現代文學最重要短篇與長篇小說的作者，從士兵到作家，他的出現，是中國文壇的一則浪漫傳奇；《邊城》與《湘行散記》，像靜靜流淌的辰河（沅江），將湘西山水帶到讀者眼前，溫潤如斯亦寧逸如斯，沈從文的創作代表著浪漫與抒情，永恆的鄉土與烏托邦。

王德威的《茅盾，老舍，沈從文：寫實主義與現代中國小說》，看似突兀地將沈從文與茅盾、老舍放在「寫實主義」框架中，其實便在提醒我們注意：

這三個標籤——抒情文體家、地方代言人，和政治保守派——卻容易誤導我們對沈從文的印象。它們簡化了（如果不是完全抹殺）沈其人與其作品中的自由主義傾向及前衛性，以致將他塑造成一個「風土」作家，或是嚮往原始主義的盧梭式人文主義者。時移事往，我們早就應該重新思考這三個標籤。潛藏在沈從文的抒情地方主義下的理論與形式動力，以及他們所透露的現代性，必須重被發掘。我認為儘管在大多數作品中，沈從文表現出一種幽謐寧靜、心向「自然」的姿態，他的寫作其實回應了一九二〇、三〇年代動盪不安的文化／政治局面，其激進處並不亞於檯面上的前衛作家。[6]

由此觀之，則沈從文〈黃昏〉中，刑場上四處滾去的頭顱，遂變成小孩腳下的玩具；〈新與舊〉裏，精湛砍頭技藝被現代方式取代的劊子手的喟嘆；〈山鬼〉、〈哨兵〉、〈夜〉、〈三個男人和一個女人〉等如夜黑儺戲、聊齋鬼魅的顛癡情事，皆在沈從文的抒情慢板下，高亢女聲般在音符間突出激盪，無可掩藏。

如是，對照沈從文在一九四六年發表〈從現實學習〉[7]，向某等「用作家名分做委員要人」正聲厲色喊話，企圖在「國家既落在被一群富有童心的偉大玩火情形中」，仍奮力一振，倡言文學的可貴、作家的可貴不只是抒情的、浪漫的，不能是文弱無聲的，沈從文長篇發言，不掩其憤慨，對當局或當權者毫不假辭色。其天真與純摯、對文學的憧憬與理想，在此時依然如二十歲那年隻身到北平尋找理想、讀點書的青年。

> 夜深人靜，天宇澄碧，一片燦爛星光所作成的夜景，莊嚴美麗實無可行容。由常識我們知道每一星光的形成，時空都相去懸遠，零落孤單，永不相及。然而這些星光雖各以不同方式而存在，又仍若各自為一不可知之意志力所束縛、所吸引，因而形成其萬分複雜的宇宙壯觀。人類景觀亦未嘗不如是。[8]

沈從文在此時已感覺到近身迫來的危機，但依以一貫單純的對文學的信仰，雖徬徨虛無，仍契許以微星的熠熠灼灼，將生命從現實亂象中脫出。

接踵而來，如亂石打下各類反撲與反擊，卻將沈從文帶到如地獄般的恐怖之境；一九四九年間，他寫下如此囈語狂言，其騷亂躁鬱疊疊層層，如幢幢黑影。

> 我頭腦已完全不用了，有什麼空想。
>
> 關切我好意有什麼用，我使人失望本來已太多了。我照料我自己，我在什麼地方？尋覓，也無處可以找到。
>
> 我意志是什麼？我寫的全是要不得的，這是人家說的。我寫了些什麼我也就不知道。

給我不太痛苦的休息，不用醒，就好了，我說的全無人明白。沒有一個朋友肯明白敢明白我並不瘋。大家都支吾開去，都怕參與。這算什麼，人總得休息，自己收拾自己有什麼不妥？學哲學的王遜也不理解，才真是把我當了瘋子。我看許多人都在參與謀害，有熱鬧看。

小媽媽，我有什麼悲觀？做完了事，能休息，自己就休息了，很自然！若勉強附和，奴顏苟安，這麼樂觀有什麼用？讓人樂觀去，我也不悲觀。

……我沒有前提，只是希望有個不太難堪的結尾。沒有人肯明白，都支吾開去。完全在孤立中。孤立而絕望，我本不具生存的幻想。我應當那麼休息了！

我十分累，十分累。聞狗吠聲不已。你還叫什麼？吃了我會沉默吧。我無所謂施捨了一身，飼的是狗或虎，原本一樣的。社會在發展進步中，一年半載後這些聲音會結束了嗎？幻念集結，即成這種體制，能善用當然可結佳果，不能善用，即只做成一個真正悲劇結束，混亂而失章次，如一虹橋被新的陣雨擊毀，只留下幻光反映於荷珠間。雨後到處有蛙聲可聞，杜鵑正為翠翠而悲。

我在搜尋喪失了的我。很奇怪，為什麼夜中那麼靜。我想喊一喊，想哭一哭，想不出我是誰，原來那個我在什麼地方去了呢？[9]

一九四九年底，沈從文封筆，告別了那個以「邊城」聞名的作家身份，也告別了這一時期的混亂。

這些如惡夢的話語，被凝結在一封一封的書信中，幻亂的時空，像班雅明筆下的〈全景幻燈〉：

> 每當一幅畫面跳離屏幕，會先出現一個空格，以便給下一幅畫面留出位置，那時就會響起幾秒鐘的鈴聲。每當鈴聲響起時，挺撥的山巒，窗櫺明淨的城市，濃煙蒸騰的火車站，葡萄園的每一片藤葉都浸透了離別的感傷。[10]

畫面跳開，它是下一張圖片出現前的空格，黑暗、無助、光彩遠去、聲音啞闇。但，闃夜裏，沈從文筆下的人物，其溫和線條，素雅質感仍在，仍靜置安在。下一張畫面出現，白描添上工筆設色，沈從文的文物書寫帶來他生命的另一段風華。

二、從「文學」到「文物」

天漸入暮，山一一轉成淺黛藍，有些部份又如透明，有些部份卻紫白互相映照，如有生命，離奇得很。更離奇處即活在這個環境中人都如自然一部份，毫不驚訝，毫不離奇，各自在本分上盡其性命之理。[11]

一九四九年的大難之後，沈從文重入湘南，櫓槳的咿呀聲與船歌、長河的水重新撫慰他，在黃昏的薄暮下，他寫下如上文字。是啟發，也是暗示，他必須找到重入人世的路徑，前一次的《湘行散記》中，他寫到：

我彷彿被一個極熟的人喊了又喊，人清醒後那個聲音還在耳朵邊。[12]

曾經，他為了文學而來到北京；如何重新活著，他找到心裏另一個「故鄉」，像湘水一般在他心裏汩汩流動且源源不絕的，他心內的「故鄉」[13]。失去了文學創作，他的原鄉仍在，那是古老文化與藝術的、絕對美麗的所在。[14]

沈從文的文學啟蒙與藝術啟蒙，幾乎是同時的。入京前，他在湘西統領官陳渠珍身邊任書記，他稱此時此地，是他「學習歷史的地方」：分別圖書次序、登記舊畫古董、詳研該畫的人名時代及其時代位置、分別器物名稱同用途，反覆習染，他從中發生了極寬廣而深切的興味。

這分生活實在是我的一個轉機，使我對於全個歷史各時代各方面的光輝，得了一個從容機會去認識，去接近。原來這房中放了四五個大楠木櫥櫃，大櫥裏約有百來軸自宋及明清的舊畫，與幾十件銅器與古瓷，還有十來箱書籍，一大批碑帖，不久且來了一部《四部叢刊》。

因此無事可做時，把那些舊畫一軸一軸的取出，掛到壁間獨自來鑒賞，或翻開《西清古鑒》《薛氏彝器鐘鼎款式》這一類書，努力去從文字與形體上認識房中銅器的名稱和價值。再去亂翻那些書籍，一部書若不知道作者是什麼時代的人時，便去翻《四庫提要》。這就是說我從這方面對於這個民族在一段長長的年份中，用一片顏色，一把線，一塊青銅或一堆泥土，以及一組文字，加上自己生命作成的種種

藝術，皆得了一個初步普遍的認識。[15]（圖4-1）

沈從文不曾提到宋代趙希鵠的《洞天清錄集》，其實他此時著迷的有趣的事，正是中國賞玩書寫者的基本功：洞悉源流，辨析精審[16]。如汪曾祺回憶中，其師的關於展子虔〈遊春圖〉的文章，便是從人物服裝式樣考訂圖畫的年代與真偽。

這濃厚的興味從這裏開始，在沈從文心裏打開了一個桃花源，藝術的愛好同他文學的追求一起滋長，未曾稍歇，像他自述裏說的「我讀一本小書同時又讀一本大書」[17]，書本的世界是有形的，而眩目他、使他迷戀不可自拔的，是學校外的生色光影、新鮮氣味。「我不安於當前事務、卻傾心於現世光色、對於一切成例與觀念皆十分懷疑，卻常為人生遠景而凝眸」。針線鋪、皮靴店、苗人豆腐坊（小腰白齒頭包花帕的苗婦人、時時刻刻口上都輕聲唱歌，一面引逗縛在身背後包單裏的小苗人，一面用放光的銅勺舀取豆漿）、一家扎冥器出租花轎的鋪子（有白面無常鬼，藍面魔鬼，魚龍，轎子，金童玉女），沈從文總定睛瞧著，一面看，一面明白了許多事。他說：

我對於這一行手藝，所明白的種種，現在說來似乎比寫字還在行。[18]

像與生俱來的本體密語，對細節、手藝、自然的著迷，在一九四九年的大難之後，像「凝固了、被捕捉了的兩度空間影像，是一張經常在心理冒險時遇到危險或受傷害時，用作驅魔的照片」[19]，將沈從文重新放回塵世的秩序軌道上，生活且書寫下去。敘事，或是書寫，是把記憶轉化為藝術，是用一個選定的形式把過去的殘片整合起來的努力。但對沈從文而言，書寫（敘事）不僅是驅魔儀式，也是一種招魂儀式，一次次把我們引入記憶的洞穴，照亮了那些黑暗中交錯的甬道。[20]

書寫，對沈從文如此重要！這次，他選擇了他原本著迷，曾經是文學內容書寫的細節、物，躲開了「為藝術而藝術」、「為人生而藝術」的政治話語，他研究物，書寫物。

從上溯源，「物」在中國，本有自老莊以降的「自然」傳統[21]，次則有先秦兩漢詩歌樂府的感物美學根基。「感於哀樂，緣事而發」，人經由大自然（物）與事件中動心動念，產生模倣或紀實，藝術與文學於茲產生。而後則魏晉南北朝的感物創作中更多超越紀實的創造，文人擷取適當的「物」來描情寫志。作為善於運用「對時間、戰爭和歷史的抒情化」[22]的沈從文而言，「物」，更加接近鮑德里亞（Jean Baudrillard）在《消費社會》（*La Société de Consummation*）中對於「物的時代」的精采囊括：

> 我們生活在物的時代：我是說，我們根據它們的節奏和不斷替代的現實而生活著，在以往所有的文明中，能夠在一代一代人之後存在下來的是物，是經久不衰的工具或建築物，而今天，看到物的生產、完善和消亡的卻是我們自己。[23]

這段話，對應沈從文在湘行舟上寫給妻子張兆和的書信，其一致性隨即出現：

> 但真的歷史卻是一條河。從那日夜長流千古不變的水裏石頭和砂子，腐了的草木，破爛的船板，使我觸著平時我們所疏忽了若干年代若干人類的哀樂！[24]

如何觸著，如何感知歷史，其途徑便是通過「物」——這最初出現在美國歷史學家普萊斯哥特（William Prescott）口中的「物質文明」，幾近中國的「文物」[25]——沈從文原就迷戀的物。

自西南聯大開始，便長期跟隨沈從文的學生汪曾祺如是回憶老師：

他「變」成了一個文物專家。這也是命該如此。他是一個不可救藥的「美」的愛好者，對於人的勞動而創造出來的一切美的東西具有一種宗教徒式的狂熱。對於美，他永遠不缺乏一個年輕的情人那樣的驚喜與崇拜。……我在昆明當他學生的時候，他跟我（以及其他人）談文學的時候，遠不如談陶瓷、談漆器、談刺繡的時候多。[26]

沈先生到北京後即喜歡搜集瓷器。

他一度專門收集青花瓷。買到手，過一陣子就送人。西南聯大好幾位助教研究生結婚時都收到沈先生送的雍正青花的茶杯或酒杯。沈先生對陶瓷鑒賞極精，一眼就知是什麼朝代的。一個朋友送我一個梨皮色釉的粗瓷盒子，我拿去給他看，他說：「元朝東西，民間窯！」有一陣子搜集舊紙，大都是乾隆以前的。多是染過色的，瓷青的，豆綠的，水紅的，觸手細膩到像煮熟的雞蛋白外的薄皮，真是美極了。至於蠶紙、高麗髮箋，那是凡品了（他搜集舊紙，但自己捨不得用來寫字，晚年寫字用糊窗戶的高麗紙，他說：「我的字值三分錢」）。[27]

無可救藥的「美」的迷戀者（描述者汪曾祺亦如是）。「美」的高度來自精研與教養，當然還有更多的狂烈的熱情。莫里斯・梅洛・龐蒂（Maurice Merleau-Ponty）的《可見的與不可見的》（*Le Visible et l'invisible*, 1968）說：「物的歷史就是物戀的歷史。」真正的物戀，相對應的某種特殊藝術作品的力量：「藝術作品成為一種物戀的條件只有在它作為一種物質客體，同時卻具有如同眼淚一樣的人性特質。……這些水滴，美麗的液體一滴滴的樣子，至少讓我們看到了淚水的形式，這一潮濕的、流動著的液體對應與一種甜蜜，即當我們去愛或者我們感動的時候，它在我們身體中流動著。」[28] 所戀之物，既須具備「物」（眼淚）的形式，且引起「感動」與之對應。

在中國，戀物，正是自唐以後日漸隆盛的賞玩文化，趙明誠、李清照夫妻的《金石錄後序》所展示的，不單單是「相對展玩咀嚼」的夫妻同心之樂，還在「每獲一書，即同共勘校，整集簽題；得書、畫、彝、鼎，亦摩玩舒卷，指摘疵病，夜盡一燭為率。故能紙劄精緻，字畫完整，冠諸收書家。」[29] 的精研之樂；具體化、地域化、人性化，以及歷史化了「物」，物是承載文化記憶的所在[30]。沈從文的〈我為什麼始終不離開歷史博物館〉，信手捻來五個當時中國博物館藏品的真偽與年代問題，便知道他深入文物研究之中，其「戀物」絕非逃避紛擾塵世，他真正樂在其中。[31]

三、從逃遁，到身心安頓

沈從文的「寫」與「不寫」，都是一則傳奇。一九四九年以後，他不管人在中國，或出國講演，人們總是在問：為何不寫了？

> 沈從文的「改行」，從整個文化史來說，是得是失，且容天下後人去作結論吧，反正，他已經三十年不寫小說了。[32]

是的，幾乎所有的文學評論者，都在這裏為他的創作生命劃上一個句點。沈先生小說《靜》中，無可解決的宿命的兩端——樓上與樓下兩個世界的黑暗真相、歷史與現實的懸置。「沈從文明白，這一願景畢竟不能排除時間／災難的惘惘的威脅。歷史的無常和心境的變遷互相浸漫，左右讀者（及人物）對生命的觀照，直至我們意識到死亡的無所不在——死亡既破壞、又加強了抒情感觸。」[33]小說中無可解決的懸念，在他文物書寫中得到解答。他說：「我老不安定，因為我常常要記起那些過去事情。一個人有一個人命運，我知道。有些過去事情永遠咬著我的心，我說出來時，你們卻以為是個故事，沒有人能夠了解一個人生活裏被這種上百個故事壓著時，他用的是一種如何心情過日子。」[34]從新文學轉到歷史文物，他的手上撫摸著成千上百、上萬的文物，每一個有各自的故事：「文化是整體的，不是孤立的」[35]。他們在沈從文的筆下被爬梳，尋回身世：〈古代鏡子的藝術〉（圖 4-2）、〈玻璃工藝的歷史探討〉、〈說「熊經」〉、〈談樗蒲〉（圖 4-3）、〈花邊〉、〈談金花箋〉、〈談廣繡〉、〈談染纈〉（圖 4-4）、〈蜀中錦〉（圖 4-5）、〈織金錦〉（圖 4-6）等等[36]。

沈形容自己在文物研究上：「真像奇蹟一般，還是依然活了下來了。體質上雖然相當脆弱，性情上卻隨和中見板直，近於『頑固不化』的無從馴服的斑馬。年紀老朽已到隨時都可以報廢情形，心情上卻還始終保留一種嬰兒狀態。」（〈無從馴服的斑馬〉）八十歲的沈從文，他在文物研究的書寫上，正如他所形容隨和卻見板直，不慍不火，一如嬰孩的童真。

沈從文這個說故事人註定要回到自己「真實」經驗底層；他必得一再講述他的往事——或是故事。沈從文的經驗是如此「一言」難盡；像柯勒律治（Samuel Taylor Coleridge）比下的老舟子，梅爾維爾（Herman Melville）筆下的以實瑪，康拉德筆下的馬妻一樣，沈（及其第一人稱敘事者）務須一再重講他的故事，不如此他無以減輕心頭的負擔。講故事是驅除心中的窒礙，也是破解青春與原鄉之謎的努力。我們任何關於沈從文人生經歷的深入探討，都必須認識這一層敘事的本質。真相閃爍不定，我們只能通過情節的編織和故事的講述，以轉喻的方式接近它。換句話說，「故鄉」的意義無從定義，而只存在於演義之中：只有在傳誦故鄉的恐怖和美麗的過程中，故鄉生生世世的父老，還有已然褪色的風物，得以魂兮歸來。[37]

然而，書寫與敘事，研究與文藝，仍有差距。其受難者的謹慎與矜持仍在，過往小說中高度技巧的朦朧的曖昧的現實主義書寫，在文物研究中盡皆褪去；他的熱情仍在，在他的窮究精研與面對文物的歡喜上仍然得見，理性節制的沈從文。

這個時代不允許沈從文成為明末的張岱：苦活執筆，以《石匱書》刻下明朝的淪亡之景，又落拓瀟灑自寫墓誌銘：「蜀人張岱，陶庵其號也。少為紈褲子弟，極愛繁華，好精舍，好美婢，好孌童，好鮮衣，好美食，好駿馬，好華燈，好煙火，好梨園，好鼓吹，好古董，好花鳥，兼以茶淫橘虐，書蠹詩魔，勞碌半生，皆成夢幻。年至五十，國破家亡，避跡山居。所存者，破床碎几，折鼎病琴，與殘書數帙，缺硯一方而已。布衣疏莨，常至斷炊。回首二十年前，真如隔世。[38]

《陶庵夢憶》的一則一則小品文，觀照身世，情真意懺。沈從文在文物書寫中存活自己，找到心內的原鄉。而其文物書寫的意義，要由弟子汪曾祺的文物小品中，才見其傳遞之功，與舒放的自在。

二十一世紀初，山東畫報出版社，將甫去世五年的汪曾祺的小品文，重新編排出版[39]，有《汪曾祺文與畫》、《五味——汪曾祺談吃散文三十二篇》、《汪曾祺說戲》、《人間草木——汪曾祺談草木蟲魚散文四十一篇》。不僅其散文題材一目了然，更如印記般，文學脈絡立現，那正是周作人選編《明人小品集》——上溯明代，推崇公安三袁、竟陵諸子——的脈絡。[40]

> 他們這一派的人，都是天才的作家，有豐富的情感，有清麗的文筆，有活動自由的靈魂，受不住當時李夢陽王世貞輩的復古運動的壓迫，要在當時死氣沈沈的文壇上，別開一條生路。於是他們大膽地要寫什麼便寫什麼，想怎麼寫便怎麼寫了。在他們的文章裏，有嘻笑，有怒罵，有幽默，有感慨。……他們專喜做那些遊山玩水看花釣魚探梅品茗的小品文了。在他們的這種文章裏，確實活現地表現了作者的個

性。作者的風情，作者的氣量。文章也顯得簡鍊可愛，平淡有味了。[41]

然而，汪曾祺仍不失其身為沈氏大弟子，長期浸潤於沈從文身傍的教養，其散文之藝術情趣，與溫潤世故，更勝明末諸人[42]。尤其帶點樸趣，帶點天然，感情真摯，讀來叫人動容。

四、這世界充滿了顏色

沈從文八十歲生日時，汪曾祺寫了如下對聯，為老師祝壽：

玩物從來非喪志，著書老去為抒情。[43]

從中國文化的全貌觀之，我們何其幸運，在失去文學創作的沈從文後，復又得到藝術書寫的沈從文。作為沈氏的弟子，汪曾祺何其幸運，在適合的時候，花枝葉茂地在小品文園地內，開花結果，實踐其師承一派地抒情書寫。二〇〇三年，汪曾祺女兒的《汪曾祺與書畫》，記下他生命最後的一段時光、最後寫下的文字：

父親年輕時寫的文章能讓人感到他對色彩的敏感，老了以後寫得短了，手法也接近白描。但在去世前一年有一篇散文卻只寫顏色：

〈顏色的世界〉

魚肚白

珍珠母

珠灰

葡萄灰（以上皆天色）

大紅

朱紅

牡丹紅

玫瑰紅

胭脂紅

干紅（《水滸傳》等書動輒言「干紅」，不知究竟是怎樣的紅）
淺紅
粉紅
水紅
單衫杏子紅
霽紅（釉色）
豇豆紅（粉綠地泛出豇豆紅，釉色，極嬌美）
天竺
湖藍
春水碧於藍
雨過天青雲破處（釉色）
鴨蛋青
蔥綠
鸚哥綠
孔雀綠

松耳綠

「嘎吧綠」

明黃

赭黃

土黃

藤黃（出東埔寨者佳）

梨皮黃（釉色）

杏黃

鵝黃

老僧衣

茶葉末

芝麻醬（以上皆釉色）

這世界充滿了顏色[44]

沈從文與汪曾祺，他們用生命與作品，為我們示範了何為身心安頓。

1 見郭沫若：〈斥反動文藝〉，（香港：《大眾文藝叢刊》，一九四八年三月一日），第一輯〈文藝的新方向〉，頁二〇、二一。汪曾祺〈代序——沈從文轉業之謎〉提到「沈先生忽然改了行。他的一生分成了兩截。」其原因有三，郭沫若發文即為致命的一擊，「這篇文章，把沈從文從一個作家罵成了一個文物研究者。」。見《花花朵朵 罈罈罐罐——沈從文談藝術與文物》，（南京：江蘇美術出版社，二〇〇二年），頁一一。

2 兩信各寫於一九四九年一月初，及一九四九年三月，見《沈從文家書——1930-1966 從文、兆和書信選》，（臺北：臺灣商務印書館，一九九八年），頁一四一、一五〇。

3 見沈從文：〈一個轉機〉，《從文自傳》（北京：北京十月文藝出版社，二〇〇八年），頁九〇、九一。

4 及吳立昌：《人性的治療者——沈從文傳》，（臺北：業強出版社，一九九四年，初版二刷），頁四七。

5 沈從文：〈一個轉機〉，《從文自傳》（北京：北京十月文藝出版社，二〇〇八年），頁九〇、九一。

6 王德威：〈批判的抒情〉，《茅盾，老舍，沈從文：寫實主義與現代中國小說》（臺北：麥田出版，二〇〇九年），頁二八一。

7 沈從文：〈從現實學習〉，原發表於《大公報・星期文藝》第四—五期（一九四六年十一月三、十日），後收入《從文自傳》（北京：北京十月文藝出版社，二〇〇八年），頁一〇一—一一九。

8 沈從文：〈從現實學習〉，《從文自傳》（北京：北京十月文藝出版社，二〇〇八年），頁一一七。

9 見《沈從文家書——193-1966 從文、兆和書信選》，（臺北：臺灣商務印書館，一九九八年），頁一四四—一四六、一四九、一五〇、一五四。

10 瓦爾特・班雅明（Walter Benjamin）：《班雅明作品選：單向街、柏林童年》，（臺北：允晨文化，二〇〇三年），頁一三八。

11 見《沈從文家書——193-1966 從文、兆和書信選》，（臺北：臺灣商務印書館，一九九八年），頁一六六。

12 原來是沈從文：〈一九三四年一月十八〉的開頭。「我彷彿被一個極熟的人喊了又喊，人清醒後那個聲音還在耳朵邊。原來我的小船已開行了許久，這時節正在一個長潭中順風滑行，河水從船舷輕輕擦過，故把我弄醒了。」《湘行散記》（北京：北京十月文藝出版社，二〇〇八年），頁九二。

13 諸多討論者專文談及沈從文小說中「水」或「河流」的原鄉意義。沈從文並有一篇短文：〈我的寫作與水的關係〉，可見《從文自傳》（北京：北京十月文藝出版社，二〇〇八年），頁三一一—三一四。

14 黃錦樹在〈原鄉及其重影〉中，用小說巨擘耐波爾，來反覆驗核兩岸三地近五十年來的多位小說家（包括朱西甯、莫言、李永平、舞鶴等），究竟何謂故鄉、原鄉、鄉土、本土？其中「重影：故鄉與哲學的超越」一段、最讓筆者連想到沈從文的原鄉——湘西，與文化中國。而沈從文何其不幸，也何其幸運；離開了文學，他仍在另一龐大原鄉內泳泗。參見《文與魂與體：論現代中國性》（臺北：麥田出版），二〇〇六年，頁二九〇—三二三。

15 沈從文：〈學歷史的地方〉，《從文自傳》（北京：北京十月文藝出版社，二〇〇八年），頁九〇、九一。

16 汪曾祺：〈星斗其文，赤子其人〉，《汪曾祺談師友》（濟南：山東畫報出版社，二〇〇七年），頁五一。

17 沈從文：〈我讀一本小書同時又讀一本大書〉，《從文自傳》（北京：北京十月文藝出版社，二〇〇八年），頁九一—一九。

18 沈從文：〈我讀一本小書同時又讀一本大書〉，《從文自傳》（北京：北京十月文藝出版社，二〇〇八年，頁一四。

19 這是周蕾的〈愛（人的）女人——被虐狂、狂想和母親的理想化〉，該文用 Gilles Deleuze（周蕾譯做迪里茲，今日多作德勒茲）的戀物癖概念，分析中國現代小說的細節，及女性書寫。見《婦女與中國現代性——東西方之間閱讀記》，（臺北：麥田出版，一九九五年），頁二四五。另外，代表當代法國哲學思潮的德勒茲關於內在性討論：絕對的內在性是自身含蘊，它並非存在於或邁向任何超越式的「某事物」。真正的內在性是永遠處在一種自身含蘊未完成的狀態中，而生命（無論從潛在或虛擬層面來看）就是依存於此一純粹的內在性平原上等看法，可以參見德勒茲：《法蘭西斯．培根：感官感覺的邏輯》，（臺北：桂冠出版，二○○九年），陳蕉翻譯。

20 王德威：〈想像的鄉愁〉，《茅盾，老舍，沈從文：寫實主義與現代中國小說》（臺北：麥田出版，二○○九年），頁三八九。

21 「物」，第一次出現在中國典籍中，在《禮記．樂記》中。人心之動，因感於「物」，於是有殺有緩有散有厲有廉有柔聲音相生相應，此「物」，是人涵泳其中的天地自然，亦可以是一物一事。莊子則以非指喻指之非指，無物不然，無物不可，物的意指與指向可以至微，也可以至大。《齊物論》言：「以指喻指之非指，不若以非指喻指之非指也；以馬喻馬之非馬，不若以非馬喻馬之非馬也。天地，一指也；萬物，一馬也。可乎可，不可乎不可。道行之而成，物謂之而然。惡乎然？然於然。惡乎不然？不然於不然。物固有所然，物固有所可。無物不然，無物不可。故為是舉莛與楹，厲與西施，恢恑憰怪，道通為一。」又云：「古之人，其知有所至矣。惡乎至？有以為未始有物者，至矣盡矣，不可以加矣。其次以為有物矣，而未始有封也。……」

文中所指之「物」，即是全體的自然，又是聚成自然的所有為一的分子——萬物。因此，渾沌未發之際，未始有物，那是形而上的無極與空無，亦是唯心的；風生水起，動能初發，澎勃物生，未有界線，不可限定；此處的「物」，以無指有，是單一物質是全體的物，亦是道家無上意指的崇高領範——自然。

22 王德威語，見王德威：〈批判的抒情〉，《茅盾，老舍，沈從文：寫實主義與現代中國小說》（臺北：麥田出版，二○○九年），頁三一一。

23 孟悅：〈什麼是「物」及其文化？——關於物質文化的斷想〉，《物質文化讀本》（北京：北京大學出版社，二○○八年），頁一。

24 沈從文：〈湘行書簡〉，《沈從文家書——193-1966 從文、兆和書信選》，（臺北：臺灣商務印書館，一九九八年，頁六一。

25 孟悅：〈什麼是「物」及其文化？——關於物質文化的斷想〉，《物質文化讀本》（北京：北京大學出版社，二〇〇八年），頁五。

26 汪曾祺：〈與友人談沈從文〉，《汪曾祺談師友》（濟南：山東畫報出版社，二〇〇七年），頁六六。

27 汪曾祺：〈星斗其文，赤子其人〉，《汪曾祺談師友》（濟南：山東畫報出版社，二〇〇七年），頁五一、五二。

28 參見威廉．皮埃茲（William Pietz）：〈物戀問題〉，《物質文化讀本》（北京：北京大學出版社，二〇〇八年），頁五九。

29 李清照：〈金石錄後序〉，《四部刊要／集部．別集類．李清照集校注》（臺北：漢京文化，二〇〇四年），頁一七六—一七八。

30 威廉．皮埃茲（William Pietz）的〈物戀問題〉談到物戀的本質：「如果一個人試圖建構物戀理論，那麼他不得不採納以下一些基本範疇：歷史化（historicization）、地域化（territorialization）、具體化（reification）、人性化（personalization）。」《物質文化讀本》（北京：北京大學出版社，二〇〇八年），頁六八。

31 沈從文：〈我為什麼始終不離開歷史博物館〉，《花花朵朵　罈罈罐罐——沈從文談藝術與文物》，（南京：江蘇美術出版社，二〇〇二年），頁二五—三二。該文原寫於文化大革命期間的一次檢查稿。

32 汪曾祺：〈與友人談沈從文〉，《汪曾祺談師友》（濟南：山東畫報出版社，二〇〇七年），頁六六。

33 王德威：〈批判的抒情〉，《茅盾，老舍，沈從文：寫實主義與現代中國小說》（臺北：麥田出版，二〇〇九年），頁三一七。

34 沈從文：〈三個男人和一個女人〉，《沈從文小說選》，（北京：人民文學出版社，二〇〇四年）。

35 語見沈從文：〈從新文學轉到歷史文物〉，《花花朵朵　罈罈罐罐——沈從文談藝術與文物》，（南京：江蘇美術出版社，二〇〇二年），頁三六。

36 收入《花花朵朵　罈罈罐罐——沈從文談藝術與文物》，（南京：江蘇美術出版社，二〇〇二年）中，除去與工作相關發言外，專談文物共三十九篇。

37 王德威：〈想像的鄉愁〉，《茅盾，老舍，沈從文：寫實主義與現代中國小說》（臺北：麥田出版，二〇〇九年），頁三九〇。

38 汪曾祺〈自報家門〉，出身高郵鄉紳世家，從手巧善畫的父親習得書畫長才：「他用鉆石刀把玻璃裁成小片，再用膠水一片一片逗攏黏固，作成小船、小亭子、八面玲瓏繡球，在裏面養金鈴子——一種金色的小昆蟲，磨翅發聲如金鈴。我父親真是一個聰明人。」，《汪曾祺：文與畫》（濟南：山東畫報出版社，二〇〇五年），頁九。

39 關於現代小品文的脈絡，參見筆者：《五四新文學時期的小品文研究》，（臺北：中國文化大學中文研究所碩士論文，一九九五年）。

40 周作人：《明人小品集》，（臺北：淡江書局，一九五六年），頁三、四。

41 沈從文與汪曾祺師生結緣在西南聯大，汪曾祺〈沈從文先生在西南聯大〉，寫到其師在西南聯大期間，宿舍裏從早到晚都有客人，多半是同事、學生，「大都是來借書，求字，看沈先生收到的寶貝，談天」。四九年之後，沈從文改往藝術研究，汪說許多人覺得奇怪，但「熟悉沈先生歷史的人，覺得並不奇怪。沈先生年輕時就對文物有極其濃厚的興趣。」另〈星斗其文，赤子其人〉則懷想自己與沈從文的師生之情，十分之六七的篇幅，全圍繞著文物鑑賞一事。見汪曾祺：〈沈從文先生在西南聯大〉、〈星斗其文，赤子其人〉，《汪曾祺談師友》（濟南：山東畫報出版社，二〇〇七年），頁三四—四一、四五—五二。

42 汪曾祺：〈星斗其文，赤子其人〉，《汪曾祺談師友》（濟南：山東畫報出版社，二〇〇七年），頁五二。

43 汪朝：〈汪曾祺與書畫（代跋）〉，原載於二〇〇三年《中國書畫》第四期，後收入《汪曾祺：文與畫》（濟南：山東畫報出版社，二〇〇五年），頁一九〇、一九一。

伍、唯物？或微物？

——《天香》，王安憶的上海考古學

王安憶曾說自己不寫特殊環境、不寫特殊人物，評論者亦多將她放置於新中國先鋒書寫位置。然其長篇小說《天香》，將時空帶回迢遠、多情婉旋的江南，生活在其間的人們，他（她）們可以不為「仕途」、「功利」而奮鬥，只是純粹「玩物」；他（她）們有的是大把的時間與金錢，盡情揮霍人生；就在這外人看似荒唐無用的生活之中，創造了叫人驚艷的藝術絕活——天香園繡。

從傷痕文學到反思、從尋根到先鋒、從新寫實到新歷史，《天香》顯示出王安憶創作的巨大轉變。王德威在書〈序〉提到：「王安憶是當代文壇重量級作家，憑她的文名，多寫幾部招牌作《長恨歌》式的小說不是難事。但她徒然將創作背景拉到她並不熟悉的晚明，挑戰不可謂不大。也正因為如此，她的用心值得我們注目。」[1]是的，她眼神依然鍾情於上海，專注於平凡百姓，但卻在物質文化的傾注中，《天香》重疊「刺繡」織工與織品身世，重新溯述上海的繁華過往，進一步延續了古典小說《紅樓夢》與《金瓶梅》的物質書寫傳統，並開創出王安憶筆下女性書寫的另一章。

一、王安憶的上海故事

小說是一件神奇的事情。本來，我是要講述所有一切的消亡過程。我覺得我們每個人在世界上都是身世飄零的孤兒，城市使得這處境變得尤為典型。沉寂的農村還保存著記憶和遺跡，而城市這個人工的自然，因它有著巨大的活力，同時便也具有巨大的取消和遺忘的能力。我從縱橫兩個方向去講述消亡的過程。兼併、流亡、遷徙、破產、革命，將我們的歷史斬成一截截的，城市是流浪者的聚集地，我們是被放逐而降生於此。而現代工業所帶來的日益細緻的社會分工，則使我們的關係成為一種理論上和概念上的關係。事實上，我們彼此隔絕。城市的街道和樓牆，將我們分離在孤立的空間。我們無根無攀的，上下左右都是虛空。我只能位自己虛擬一部歷史，再虛擬一張網似的社會關係圖畫。為使我的虛擬有根有據，我完全是在紀實的基礎上進行，我使用的幾乎全是紀實的材料。[2]

這是收錄在《紀實與虛構》中王安憶與吳亮的對話；關於文字、寫作、書，以及日益消亡的世界，書寫是否是最後一道防線？王安憶恰似一位精工師傅，將自己創作的意念，層次鋪釋。城市，或者說：上海，正是她小說的展演之所，她最經典的小說，幾乎全部出自此一舞台。自傳小說《紀實與虛構》，最初命名「上海故事」，但因為它「有一股俗世的味道」、「容易使墮入具體化的陷阱」而被放棄；《長恨歌》裏的王瑞瑤，生於上海，盛放於上海，終也要如花掐墜於此。她說：「上海真是叫人相思，怎麼樣的折騰和打擊都滅不了，稍一和緩便又抬頭。它簡直像情人對情人，化成石頭也是一座望夫石，望斷天涯路的。」然這樣書寫上海故事，對於王安憶而言，似乎仍被籠罩在張愛玲似的上海魔咒，他們不過是另一個白流蘇，又一個顧曼楨；王安憶的意圖顯然還要超越張愛玲的、或她自己的上海傳奇：

> 上海真是不能想，想起就是心痛。那裏的日日夜夜，都是情義無限。……上海真是不可思議，它的輝煌叫人一生難忘，什麼都過去了，化泥化灰，化成爬牆虎，那輝煌的光在照耀。這照耀輻射廣大，穿透一切從來沒有它，倒也無所謂，曾經有過，便再也放不下了。[3]

王安憶要走得更遠，穿越那個燈光燐爍的上海、情愛怨嗔的上海，去尋那天地初開、洪古蠻荒中的有形之神。

於是，時空設置在明代，遠離近代開滬的上海印象，直尋春申故里、春綠桃紅的人間處所——「天香園」。[4]這園也有例可循，《紅樓夢》（圖 5-1）大觀園似不事生產的紈褲們，錦衣玉食、養竹種桃、養蠶置墨，生活紅紅火火，像夜宴華燈。也有那麼陋室空堂、衰草枯楊的頹唐境地，卻靠著一家女眷的刺繡支持家業。我們不禁要問了，正如王德威所言，以王安憶此時的書寫地位與功力，何以來寫這樣一部遠離現代的舊中國題材？近十年來中國的榮錦，比起三十年代的上海傳奇，恐怕有過之而無不及，作家構局佈線的用心，似乎有意預警了眼前的繁華，什麼才能與天地共通共生共息，「那草木樓閣說朽就朽，繡品可是口口相傳，代代相傳」呵！[5]

> 她要寫出上海之所以為上海的潛規則。當申家繁華散盡，後人流落到尋常百姓家後，他們所曾經浸潤其中的世故與機巧也同時滲入上海日常生活的肌裏，千迴百轉，為下一輪的「太平盛世」做準備。[6]

嘉靖三十八年，上海有好幾處破土動工，造園子。本朝開始，此地就起了造園的風氣。中了進士，出去做官，或者本來在外面做官，如今卸任回家，都要興土木造園子。近二百年裏，蘇松一帶，大大小小的園子，無以計數。[7]

二、王安憶的上海考古學

《天香》就從這裏開始，黃浦申江河網溝渠、泥澤交織，織出一片鶯飛草長的富庶天地。「那天地裏的響就是他們攪的，就知道有多少野物在飛舞。腳下的地彷彿也在動，又是什麼活物在拱，拱，拱出土，長成不知什麼樣的東西。這些光色動止全鋪排開來，織成類似氤氳的虛靜。」[8]選擇這個時間點，揭開上海與天香刺繡傳奇，王安憶顯然下過一番研讀功夫。早於嘉靖三十八年之前的弘治年，狀元陸楫（1515-1552）就已經提出一個相反於官方述求的〈辯奢論〉：「吾未見奢之足以貧天下也，自一人言之，一人儉則一人或可免於貧；自一家言之，一家儉則一家或可免於貧；至於統論天下之勢則不然。」今日耳熟能詳的字眼：「消費」與「消費文化」，在十六世紀的中國，正是一個新興的社會現象。西方學者專注討論明清消費文化現象的，即有柯律格（Craig Clunas）的《長物志研究：近代早期中國的物質文化與社會地位》（*Superfluous Things: Material Culture and Social Status in Early Modern China*）[1991][9]，及卜正明（Timothy Brook）的《縱樂的困惑：明代的商業與文化》（*The Confusions of Pleasure: Commerce and Culture in Ming China.*）[1998][10]；臺灣學者巫仁恕亦長期研究並著作甚多，其中之一《奢侈的女人：明清時期江南婦女的消費文化》，便視嘉靖（1522-1566）以後，為江南地區奢侈風起的時期。[11]由此可見，上海繁華自有其歷史背景。

當我們仔細分辨這繁華的微細因子，便會知道其中包含有太多不同於往的元素，那是一種從古典邁向現代的、新的商業機制的消費文化體質。「中國歷代雖然都出現過奢侈的現象，但卻多只是局限在統治階層或是富民階層，只有到了明清時期的奢侈風氣才具有如此豐富的特徵，也是有史以來首次波及到社會下階層。」[12]也是這個時代，中國才真正進入「消費」／「物質」，慾望／需求（Desire and Demand）交互作用與纏祟的時代。[13]

奢侈，不只止於生活享用，競富、誇富的表徵之一，便是營建園林宅第。巫仁恕說：

晚明之所以興起營建園林第宅之風，可以從兩個方面來觀察。一是晚明消費力的提升，也就是「消費社會」（consumer society）的形成。另一方面是明初制約這種奢侈消費的賦役制度出現變化，因為士紳可以優免徭役，或透過其它手段逃避糧長役，於是大大方方地蓋起園第，不用再顧慮被僉選為糧長役。至於有錢的富豪巨賈，也可以透過捐納買得功名地位，一樣可以享受士紳的待遇。這也是為什麼晚明營建園第之風，逐漸普及與盛行的原因。[14]

因此，凡家累千金，垣屋稍治，便企求營治一園，其雕樑巧思，即可想見。競富、誇富的表徵之二，亦是柯律格明清物質文化論述的主軸：晚明隨著商品經濟的發展，原先象徵身份的土地財富，轉變成為奢侈品的收藏。在此風氣之下，古董、藝術品，原本是文人獨有的消費活動，風行草偃，成為富人們競相模仿追逐的時尚。「雅」，意味著身份，亦同於品味。不只仿文人之雅，更摩肖其「閑隱」：

所謂「雅」的生活可說乃是建立在對於各種「長物」的品賞中。[15]

宋代各類手工藝皆有突破進步，凡女紅，從緙絲、刺繡到織錦，較之前朝花樣繁複、精美，能織繡出各式圖案，如山水、花卉，甚至書法。[16]（圖 5-2）葉夢珠的《閱世編》記載多種當時富貴之家爭相收藏的品項，骨董、書畫、瓷器、衣料，甚至眼鏡，海內馳名的露香園顧繡（圖 5-3，5-4），更是內中佼佼，尺幅精細者，要值幾兩，全幅高大者，更要數金。[17]

> 露香園顧氏繡，海內馳名，不特翎毛、花卉，巧若生成，而山水、人物，無不逼肖活現，向來價亦最貴，尺幅之素，精者值銀幾兩，全幅高大者，不啻數金。年來價值遞減，全幅七、八尺者，不過以一金為上下，絕頂細巧者，不過二、三金，若四、五尺者，不過五、六錢一幅而已。然工巧亦漸不如前。前更有空繡，只以絲綿外圍如墨描狀，而著色雅淡者，每幅亦值銀兩許，大者倍之。近來不尚，價值愈微，做者亦罕矣。[18]

顧繡，相傳得於宋代宮廷繡技法。顧名世的長子顧箕英之妾繆瑞雲，於閨閣時便擅長宋繡，進露香園後因接觸家族珍藏的宋、元名家字畫，又兼得顧家文人雅士往來評點，成就一方。在此融匯下，《天香》的場景便立體繁複、疊床架屋構建起來。果然如書序所言：

持盈保泰不是上海的本色。頹廢無罪，浮華有理，沒有了世世代代敗家散產的豪情狀舉，怎麼能造就日後五光十色？上海從來不按牌理出牌，並在矛盾中形成以現世為基準的時間觀。上海的歷史同時是反歷史的。[19]

王安憶不僅要寫海上傳奇，還要重返繁華的起點；不僅要寫上海女子，還要她們堂堂屹立，撐起紈褲潦倒之後的一片天地。那是拿針如拿筆的希昭（圖 5-4），她「不止是對針線和對物有知覺，還是與天地相通，採自然靈秀精神。嫿嫿希昭針下的山水人物，是照了世間而來，卻又何止是照了來，分明是與山水人物共生共息又共滅。」[20]

三、人間何處「天香園」！

清人張竹坡在《批評第一奇書金瓶梅讀法》中曾寫到：「似有一人親曾執筆，在清河縣前，西門家裏。大大小小，前前後後，碟兒碗兒，一一記之，似真有其事，不敢謂操筆伸紙做出來的。」這種對日常生活的細緻描摹，《紅樓夢》更進一步工筆描繪，飲食宴樂、衣裝房舍無不設色勾勒，成為物質書寫的先聲。這個傳統在新文學發展中，一直較少著墨，甚至付之闕如，或許與社會主義反資本反物質的訴求抵觸有關。然而，既要追究上海的繁華輝煌，必然不能不碰觸它的「商」與「物」。尤其，進入二十一世紀，上海又以明珠姿態，再寫它的海上傳奇，作為以上海作為創作夢土的王安憶，必有其感悟吧！

孔尚任〈桃花扇〉曲，似一配樂，還在幽幽訴唱：「俺曾見金陵玉殿鶯啼曉，秦淮水榭花開早；誰知道容易冰消。眼看他起高樓，眼看他宴賓客，眼看他樓塌了。這青苔碧瓦，俺曾睡風流覺，將五十年興亡看飽。那烏衣巷不姓王，莫愁湖鬼夜哭，鳳凰臺棲梟鳥。殘山夢最真，舊境丟難掉，不信這輿圖稿。謅一套哀江南，放悲聲，唱到老。」樓起樓塌，正是繁華燦爛的此時，什麼是永恆？王安憶用天香園顧繡，預示永恆的價值：

那草木樓閣說朽就朽，繡品可是口口相傳，代代相傳……[21]

刺繡，閨閣技藝，《天香》中三代傳承，繡出了傳世經典。既源出上海，來自民間，又以女性擔綱，全然符合王安憶的書寫主紘，更將《天香》的永恆價值，自園林造作脫出，更拔地而起，進入藝術之境。這似乎才是王安憶架構在「紀實與虛構」之上，得以超脫，與記憶的價值。

這卻又不只是王安憶的私心歸宿了，在壞毀與沈淪之際，人間何處何事何物，得以寄託漂泊的身心？新舊交替、中西衝擊，周作人的「閑適」論調，從生活中找尋永恆：

> 情之熱烈深切者，如戀愛的苦甜，離合生死的悲喜，自然可以造就種種的長篇鉅製，但是我們日常的生活裏，充滿著沒有這樣迫切也一樣的真實的感情；他們忽然而起，忽然而滅，不能長久持續，結成一塊文藝的精華，然而足以代表我們這剎那剎那的內生活的變遷，在或一意義上這倒是我們的真的生活。[22]

沈從文寫下〈抽象的抒情〉，指出生命發展「變化是常態，矛盾是常態，毀滅是常態」：

> 生命本身不能凝固，凝固即近於死亡或真正死亡。惟轉化為文字，為形象，為音符，

為節奏，可望將生命某一種形式，某一種狀態，凝固下來，形成生命另外一種存在和延續。[23]

王德威爬梳沈從文、陳世驤與捷克漢學家普實克三人對中國文學的現代性理解意見，發現他們三位，不約而同地都企圖在現代語境中重新認識抒情傳統[24]；「興與怨」、「情與物」、「詩與史」，傳統或現代？永恆或創新？

這些文人都曾歷經新學洗禮，朱光潛、宗白華等甚至在海外深造，一度沉浸在西方哲學、美學的訓練裏。當他們「驀然回首」，從抒情傳統中找尋靈感，他們的用心就不應局限在文化鄉愁而已。我以為他們站在「現代」的時間點上，恰恰因為看出建設中國的現在和未來中西資源（包括浪漫主義、象徵主義）有時而窮，才企圖回到過去，重新理出脈絡，作為與現代性對話的可能。[25]

沈從文〈抽象的抒情〉所指出的轉化的形式、狀態，在自身瀕臨崩潰毀滅的威脅下，得以保存文明的型態，在王安憶的《天香》裏，正是刺繡。

四、物質不滅

一件物，倘若物表、物性、物本皆全而美，且又互為照應生發，便是上乘，缺一則不成大器。[26]

天香園繡由閔女兒帶入開啟，一時之間，院院樓樓搭起花綳，閔師傅為探女兒而入天香園，園內竹棚木屋傾塌，荷殘桃落，心中哀淒中家景況。然而，轉上繡樓：

心中卻生出一種踏實，彷彿那園子的荒涼此時忽地煙消雲散，回到熱騰騰的人間。閔師傅舒出一口氣，笑道：好一個繁花勝景！[27]

王安憶苦心經營天香園的勝景：雕樑樓閣、一夜蓮花、香雲海，也藉此對比出家世傾頹之象。而這重開天地的造化之功，還得出自「閨閣裏的手和心」！這不禁讓人想起現代海派祖師奶奶張愛玲的〈更衣記〉：

> 古中國衣衫上的點綴品卻是完全無意義的。若說它是純粹裝飾性質的罷，為什麼連鞋底上也滿布著繁縟的圖案呢？鞋的本身就很少在人前露臉的機會，別說鞋底了，高底的邊緣也充塞著密密的花紋。襖子有「三鑲三滾」，「五鑲五滾」，「七鑲七滾」之別，鑲滾之外，下擺與大襟上還閃爍著水銀盤的梅花，菊花，袖上另釘著名喚「闌幹」的絲質花邊，寬約七寸，挖空鏤出福壽字樣。這裏聚集了無數小小的有趣之點，這樣不停地另生枝節，放恣，不講理，在不相干的事物上浪費了精力，正是中國閑階級一貫的態度。惟有世上最清閑的國家裏最閑的人，方才能夠領略到這些細節的妙處。製造一百種相仿而不犯重的圖案，固然需要藝術與時間；欣賞它，也同樣地煩難。[28]

天香園繡，從閨閣的無用之用，能入藝術之境，王安憶自有一番鋪陳論證。書中第一代繡家小綢第一次見到希昭繡作元人小品，當下嘀咕：「天香園繡是為器具衣冠文飾，說是繡品，實是用物，務實方是工藝之大要，比如木造、織造、冶鑄、陶埏、種植等等，如此抽離物用而自得，不免雕琢淫巧，流於玩物，終將無以立足。」[29]看似當頭棒喝，其實正為凸顯天香園繡得以擺脫閨閣玩意，臻入藝境的層次，詩心畫意，不只是繡，還有心：

天香園繡可是以針線比筆墨，其實，與書畫同為一理。一是筆鋒，一是針尖，說到究竟，就是一個「描」字。筆以墨描，針以線描，有過之而無不及。[30]

從瑣碎到純熟，王安憶以長篇堆疊刺繡章法，絕不敷衍帶過（接、滾、齊、旋、搶、套、施、斷、……釘線、冰紋、打子、結子、環子、借色、錦紋、刻鱗……），密密織出天香園繡的經典不朽。一如周蕾：〈現代性和敘事——女性的細節描述〉所論：

> 相對那些如改良和革命等較宏大的「見界」，在此，細節描述就是那些感性、繁瑣而又冗長的章節；兩者的關係曖昧，前者企圖置後者於其股掌之下，但卻出其不意的給後者取代。[31]

在張愛玲的小說中，女性特質的問題總是焦點所在，另一種現代性和歷史觀，則通過和困陷、毀滅和孤寂寥落等情感處境息息相關的感情細節描述，油然而生。細節和感性東西，在如此一個感情背景之下結合，從而為文化提供一個用有力的負面感情來界定的闡釋。此等感情零散不全，只能深深埋藏於敘事體的意識型態「剩餘物資」中，才能尋著。[32]

「中家的老爺少爺們都喜歡稀奇古怪的玩意兒，往往一事無成；女人們的繡倒成了天下一絕，聞名四方！」[33]王安憶不是在寫一部家族史，或是一則海上傳奇。她的天香園繡傳奇，是由生死情愛，人事滄桑交錯起落而來。閔女兒因為愛情的無所依恃，唯有將帶來的妝奩一件件打開來：一箱籠白綾、一箱籠藕色綾，一箱籠天青色的絹，再有一箱籠各色的絲，還有一個扁匣，裝的是一疊花樣，一個最小的花梨木匣子放的是繡花針。

> 閔女兒的閨閣又清靜，又富麗。好了，睡蓮的影撲滿白綾，從花樣上揭起，雙手張開，對光看，不是影，是花魂。簡直要對閔女兒說話了，說的是花語，唯女兒家才懂，就像是閨閣裏的私心話。[34]

小綢因為愛情的失落，閉門鎖戶，因鎮海媳婦的牽和，妯娌三人在繡閣中建立起直見生死的金蘭情義。阿潛被弋陽聲腔所惑，離家不知去向；希昭設幔繡畫，得香光居士盛讚：「技至此乎，就可窺一斑而之全豹了！」天香園繡之名不脛而走，其實掩抑了多少兒女情事。蕙蘭出嫁，夫喪子幼，捻起繡針卻是為了一家生計。《紅樓夢》好了歌注：「陋室空堂，當年笏滿床，衰草枯楊，曾為歌舞場。蛛絲兒結滿雕梁，綠紗今又糊在蓬窗上。說什麼脂正濃，粉正香，如何兩鬢又成霜？昨日黃土隴頭送白骨，今宵紅燈帳底臥鴛鴦。」（圖5-5）華屋轉眼枯敗，情愛轉眼成空。柯海鎮海兄弟一動一靜，一好得，一慎取，終也不免滄桑之悟：

> 要不是閔，柯海大約一輩子不會懂得一個「愁」字。再有，墨場，也是從那逝川中所得來，繼而才有了柯海墨。這是柯海，凡事總意在那個「得」字，而鎮海顯然不，他盡是「失」。開花時他想到花謝時；起高樓他想到樓塌了；娶親了，枕邊人能否長相守？如此居安思危，他還是沒有想到媳婦會真的一撒手，從此天人兩隔。[35]

蕙蘭重回天香園，園子凋敝，滿目斷垣。

> 太爺、太姨娘、伯祖父、伯祖奶，都老了。每一推門，門裏就坐了個白髮人！[36]

王安憶的文字叫人怵目驚心！親情、愛情、身體，無論靈肉皆有幻滅之日，什麼才是永恆？什麼才能不滅？作家著名的「四不」政策：「一、不要特殊環境特殊人物；二、不要材料太多；三、不要語言的風格化；四、不要獨特性。」[37]言猶在耳！《天香》卻處處不遵此四大政策。

定心推敲，此刻的王安憶力圖重新追尋上海傳奇，《天香》早已超越她所有的創作，而且是誠實地不被任一主義政策影響之下地超越，或直承呼應著她的創作思索：

其實生命只有一次，我們都是血肉之軀，無術分身，我們只能在時間和空間中佔據一個位置，擁有兩種現實談何可能，我們是以消化一種現實為代價來創造另一種現實。有時候，我有一種將自己淘空的感覺，我在一種現實中培養積蓄的情感澆鑄了這一種現實，在那一種現實裏，我便空空蕩蕩。有時候，我還會覺得紙上的現實竟比真實的現實更為真實，因它不會消亡，以文字的形式長存於世，又以大眾傳播的方式變成社會的存在。而就在此時此刻，它卻不再屬於我，而成為真實的現實的一部份。一剎那間，我失去兩種現實。所以，要擁有兩種現實實在是一個妄想，它們彼此消耗，就好像一個「我」在吞噬著另一個「我」，最後一切消亡，只留下一堆紙片兒。[38]

《天香》故事將了，「希昭從花綳上起身，四下裏亮晶晶的眼睛都含了笑意，幾乎開出花來。光線更勻和溫潤，潛深流靜，這間偏屋裏漸漸充盈欣悅之情。希昭想起天香園裏的繡閣，早已成殘壁斷垣，荒草叢生，不想原來是移到坊間雜院，紆尊降貴，去盡麗華，但那一顆錦心猶在。」[39]

物質不滅！紀實？或虛構？唯物？或是微物？「假中假，假上假，假對假，唯有一樣是真，就是物之理，縱是造假，亦必循物理之真；因此，假是假，卻是真亦假時假亦真的『假』：也因此造園子——不止造園子，所有製器，都不為仿造外型，實是形化物理，將每一種物的質，強調誇大；事到此時，就已經看山不是山，看水不是水了！」[40]乾坤朗朗，王安憶已經寫在《天香》裏了：

器與道，物與我，動與止之間，無時不有現世的樂趣出現，填補著玄思冥想的空無。[41]

1 王德威：〈紀實與虛構——王安憶的《天香》〉，《天香》（臺北：麥田出版，二〇一一年），頁四。

2 王安憶：〈關於《紀實與虛構》的對話〉，《紀實與虛構》（臺北：麥田出版，一九九六年），頁三二七。

3 王安憶：《長恨歌》（臺北：麥田出版，一九九六年），頁一五八。

4 自明代起，盛極一時的江南顧繡，其園林稱「露香園」。

5 王安憶：《天香》（臺北：麥田出版，二〇一一年），頁五一三。

6 王德威：〈紀實與虛構——王安憶的《天香》〉，《天香》（臺北：麥田出版，二〇一一年），頁六。

7 王安憶：《天香》（臺北：麥田出版，二〇一一年），頁一八。

8 王安憶：《天香》（臺北：麥田出版，二〇一一年），頁一五八。

9 柯律格（Craig Clunas）：《長物志研究：近代早期中國的物質文化與社會地位》（*Superfluous Things: Material Culture and Social Status in Early Modern China*），（University of Hawai'I Press，1991）

10 卜正明（Timothy Brook）：《縱樂的困惑：明代的商業與文化》（*The Confusions of Pleasure: Commerce and Culture in Ming China.*）（北京：生活．讀書．新知三聯書店，二〇〇五年）

11 關於晚明消費文化現象，可參考巫仁恕：《品味奢華：晚明的消費社會與士大夫》（臺北：中央研究院／聯經，二〇〇七年）。

12 巫仁恕：《奢侈的女人：明清時期江南婦女的消費文化》（臺北：三民書局，二〇〇五年），頁二九、三〇。

13 阿爾君．阿帕杜萊（Arjun Appadurai）在〈商品與價值的政治〉中提到慾望與需求關係（Desire and Demand）：「奢侈品是消費的一種特殊的「顯現」……，具有以下特徵：（一）限定性，或者通過價格，或者通過規則限定在精英階層中；（二）獲取的複雜性，可以是，也可以不是由真正的「匱乏」而產生的；（三）符號的表現力，即是說對複雜的社會信息的符號性指稱的能力；（四）他們的「恰當」消費需要一種特殊的知識作為先決條件，也就是說，需要通過時尚的調節；（五）是一種與身體、個人，以及人的個性高度關聯的消費。」，孟悅、羅鋼主編《物質文化讀本》，（北京：北京大學出版社，二〇〇八年），頁四一。

14 巫仁恕：〈明清江南市鎮志的園第書寫與文化建構〉，《九川學林》五卷四期（香港：香港城市大學中國文化中心，二〇〇七年，冬季），頁七七。

15 可參見王鴻泰：〈雅俗的辯證〉，《新史學》十七卷四期（臺北：三民書局，二〇〇六年十二月），頁七四。

16 參見童文娥主編：《緙絲風華：宋代緙絲花鳥展圖錄》，（臺北：國立故宮博物院，二〇〇九年），頁一一二。

17 參見巫仁恕：《奢侈的女人：明清時期江南婦女的消費文化》（臺北：三民書局，二〇〇五年），頁一二一。

18 （清）葉夢珠撰：《閱世編》（北京：中華書局，二〇〇七年九月），頁一八五、一八六。

19 王德威：〈紀實與虛構——王安憶的《天香》〉，《天香》（臺北：麥田出版，二〇一一年），頁六。

20 王安憶：《天香》（臺北：麥田出版，二〇一一年），頁四九八。

21 王安憶：《天香》（臺北：麥田出版，二〇一一年），頁五一三。

22 周作人：〈論小詩〉，《自己的園地》（臺北，里仁書局，一九八二年），頁五三。

23 沈從文：〈抽象的抒情〉，《沈從文集》（北京：中國社會科學出版社，二〇〇七），頁一二一。

24 王德威：〈「有情」的歷史〉，《現代「抒情傳統」四論》（臺北：臺灣大學出版中心，二〇一一年）。

25 王德威：《現代「抒情傳統」四論》（臺北：臺灣大學出版中心，二〇一一年），頁四五。

26 王安憶：《天香》（臺北：麥田出版，二〇一一年），頁五一二。

27 王安憶：《天香》（臺北：麥田出版，二〇一一年），頁二七八。

28 張愛玲：〈更衣記〉，《流言》（臺北：皇冠文化，一九九七年，典藏版十二），頁六九、七〇。

29 王安憶：《天香》（臺北：麥田出版，二〇一一年），頁三一五。

30 王安憶：《天香》（臺北：麥田出版，二〇一一年），頁二九八。

31 周蕾：〈現代性和敘事——女性的細節描述〉，《婦女與中國現代性——東西方之間閱讀記》（臺北：麥田出版，一九九五年），頁一六九。

32 周蕾：〈現代性和敘事——女性的細節描述〉，《婦女與中國現代性——東西方之間閱讀記》（臺北：麥田出版，一九九五年），頁一六九。

33 王安憶：《天香》（臺北：麥田出版，二〇一一年），頁三三六。

34 王安憶：《天香》（臺北：麥田出版，二〇一一年），頁九四。

35 王安憶：《天香》（臺北：麥田出版，二〇一一年），頁一四四。

36 王安憶：《天香》（臺北：麥田出版，二〇一一年），頁三八三。

37 王安憶：〈序〉，《故事和講故事》（江蘇，浙江文藝出版社，一九九二年），頁三。

38 王安憶：〈關於《紀實與虛構》的對話〉，《紀實與虛構》（臺北，麥田出版，一九九六年），頁三三〇。

39 王安憶：《天香》（臺北：麥田出版，二〇一一年），頁五一六。

40 王安憶：《天香》（臺北：麥田出版，二〇一一年），頁二九四。

41 王安憶：《天香》（臺北：麥田出版，二〇一一年），頁六二。

陸、游於藝，適於心

——董橋的「文化鄉愁」之路

世界太喧鬧了，我們差點錯過了這樣遠古的一聲喟嘆！[1]

《燕閑清賞箋》〈論剔紅〉：「宋人雕紅漆器，如宮中用盒，多以金銀為胎，以朱漆厚堆至數十層，始刻人物、樓台、花草等像，刀法之工，雕鏤之巧，儼若畫圖。有錫胎者，有蠟地者，紅花黃地，二色炫觀。有用五色漆胎刻法，深淺隨妝露色，如紅花綠葉，黃心黑石之類，奪目可觀，傳世甚少。」[2]剔紅，是古代漆器工藝，於器胎之上，一再著漆、堆漆達數十甚至兩、三百層，漆質凝緻厚美後剔雕（圖 6-1-1～3）。作家董橋行文數十年，《白描》、《從前》、《絕色》、《青玉案》、《小風景》、《故事的註腳》、《今朝風日好》……一字一句、一文一書，精鍊如髹漆，素色以為無華，其實內裏層層疊疊，包漿渾厚正是時間與文化的底蘊。他筆下的南洋舊夢、英倫往事、文人掌故、翫物人生種種風景，在眨眼瞬息已變的今日，如舊時明月，光暈似乎仍泛映著，但立身現代，回頭一望，竟像遠古的一聲喟嘆，欲追尋時，已如前朝。面對董橋早成典範的文玩書寫，若將學習，一經琢磨便會發現，絕非僅是散文的精煉鍛字，那情調、那情景、那故事若未曾經歷，如何下筆？於是，那使得董橋成為董橋的「故事」如何發生，便須回頭追尋了。

一、舊時明月

董橋《橄欖香》有一個副標：「小說人生初集」。當時近七十歲的他在自序中言道，像是「經歷過的『人生』在『小說』的油傘下沿著從前的腳印辨認從前的陰晴圓缺。」[3]。

> 是從前的人事從前的情味。我都快七十了，再不寫轉眼一定不想寫。這幾年我看著當前新進的時代顯然越是淡漠了，雜物堆裏偶然翻出幾張老照片老信札反而親切得要命。[4]

相較於其他散文，《橄欖香》有意以近乎小說體寫故事，一個人、一組人圍繞出淡遠綿長而餘韻不絕的情事。不論是五六十年代老香港文華酒店咖啡廳才有的「濃髮蕩著月下碧湖粼粼的波光」靜靜閱讀的女孩兒、〈小紅樓〉裏「春冰碾就，裏住蔥尖」羈旅英倫的陶珉，或是〈曼陀羅室〉內藏著「一些美好記憶和落寞遺憾」的曼叔……皆圍繞著「從前的情味」；故事在台前搬演，案上必有文玩尺幅，背景必然雕鏤襯出亮堂紅木宅院的光暈。小說型態似乎更突顯出我們翻看董氏散文時，泛於紙上的舊時月色。這舊時的月色來自老世家、老宅院、老情事，因伴隨穿梭其中的歷史的文物，更增添時間的痕跡。即使現在式，地點明明在倫敦、香港，於董橋筆下也似前朝舊夢、更似遺老遺少，跟隨文物一同包漿、泛出銀斑。[5]

董橋文筆既寫出「舊時」，也寫出不可再得的絕美「月色」。一如《陶庵夢憶》，繁華靡麗，皆成往事。

老師那席話我想了許多年，老了還常常想起。人生歷程真真幻幻，結識的人與事回想起來果然疑真疑幻，有些情節很像有些情味，當時茫然，此時潸然，真要梳理，那是老師和濟慈瞎說聽懂鳥語的故事了。有些記憶也像有些念憶，隔了幾十年越遠越牽掛，恍似普魯斯特吃烤麵包蘸熱茶，香氣立刻喚回童年往事，先是成就了《斯萬之家》裏的〈瑪德琳〉一節，漸漸成就了《追憶似水年華》七卷著名小說。陳年的記憶是陳年的佳釀，是普魯斯特珍惜的真實；酒入肝腸撩起的萬般滋味倒是他推之敲之的藝術境界。至於他半生覓訪哲思做文學藝術的藥引子，那是學養深淺的考驗，硬生生抓來點綴反而累事，懂多少煎多少也許還煎得出一碗對症的良藥。[6]

回眸的細節，於作者而言，是幾十年的念憶佳釀，於讀者的我們，便是一長卷的追憶似水年華了。舊時月、舊時情，「傾國又傾城」的不只是佳人，而是舊時的教養，不可再得的文化底蘊，董橋字字句句呼喚、回潮。

他曾寫道：「我喜歡盒子。童年玩雪茄木盒，玩香煙鐵罐，到臺灣求學玩錦盒，玩火柴，在英國收木紋漂亮的洋裝盒子，回香港花大心血搜獵明清拜匣帖盒，官皮箱、提樑藥箱、文具箱、髹漆盒見一件愛一件。」[7]（圖6-2-1～3）心理學家Winnicott的「過渡性客體」理論指出，成長過程中，我們皆須某種安定身心，得到安全感的客體，協助我們成為獨立個體。[8]這「過渡性客體」通常會被視為珍藏品，一生寶愛。董橋未曾告訴我們，喜歡箱子的源流為何？卻不只一次提到箱中裝置何物：「春節無事，翻檢樟木箱子裏幾疊舊筆記，竟得杏廬先生手抄的幾頁雜錄，有的記銅，有的記沉香，有的記漆器，還有三頁記景藍，都是當年在他家裏見過的文房清玩。」[9]珍愛箱盒，盒中藏置昔人筆記，所記之事皆文房清玩，盡已環構出董橋書寫自內而外種種鏈結。另一〈拜匣〉描述，更清楚體現：

> 拜帖匣也叫拜匣，長方木匣，扁扁的，送禮放柬帖、禮封、零物，也可以擱案頭擺筆硯，放箋紙。明代流佈，清代盛行：「書僮，你另拾一片紅葉，取我拜帖匣裏筆硯過來，待我也題詩一聯，回他人去。」明代王驥德《題紅記．金水還題》有這樣一句道白。我喜愛拜匣，友朋喜愛者也好幾位，從前不貴，古玩店遇見好的都要，收了不少。紫檀黃花梨楠木黃楊，都好，素身淡雅，刻些字畫的也有好的。[10]

紅葉箋紙，盒中裝的還有情感——舊式的情感，美好年月裏不論傳遞著的、忽忽以為遺忘了的、珍藏著的情感。因為美好年月不再、舊式情感迢杳難尋，於是「物」成為寄託所在。箱、盒型態具體可承載物品，然而，作家文中的每一件物，無一不具有箱盒、籠具的功能；有時，我們讀著，不知道何者為主體！是文物？是人物？亦或是歷史與時間？

或許，最美好的主體，便是舊時明月。

董橋文字，無一不在輕敷金箔於舊日時光；每一句自過去時間幽谷盪回的話語皆雅緻有韻。在快速簡便的今日，生活似無可戀，凡物只求斷捨離；作家藉由「物」記憶過往，我們經由閱讀識見那未曾經歷的美好年代。《一紙平安》序言中的唐老太太，「老民國大家風範，一身旗袍整潔端莊，一口鄉音徐緩有致，配上老宅院一堂紅木傢具彷彿周璇電影一個場景」，就是這樣「安且吉兮」的過去時光的痕跡，叫董橋與讀者流連不已。

我回倫敦收到老太太來信謝謝我去看她，毛筆小字真漂亮，老輩人說的古樹著花。信箋宣紙也講究，淺淺印了「平安」雙鉤隸書。信箋印「平安」辭書上說叫「平安字」、「平安信」、「平安紙」。宋詩輕嘆「讀平安字，愁邊失歲華」。元代《桃花女》楔子說「想我河南人出外經商的可也不少，怎生平安字捎不得一箇回來」。清代李慈銘樂府外集《星秋夢》說「憑盈盈生長畫堂前，勞夢裏家園指點，恨不得倩寄平安紙一緘」。臺北張作梅先生五十年代給我父親寫信信箋上印的是「安且吉兮」雙鉤隸書，水紅色嬌得像落在池塘水面的桃花花片，六十年代我在臺北跟張先生要了幾張，捨不得寫信寫字，讀完書萍踪飄忽四處浪遊不見了。張先生說那款信箋是抗戰勝利後在廈門印製，「安且吉兮」四個字是杜就田的隸書描了雙鉤製版付印。杜就田是清民初書法家，他的隸書我父親最愛，說遠勝何紹基。[11]（圖6-3）

舊時世家、舊時信箋、一手好字，自舊時迴盪而來的叮嚀，再再不可復得。閱讀再三，似乎可以體會作家摩挲文物之間，心中低吟盼想為何。「物」是他的時間甬道，一如唐傳奇《枕中記》於道士手中接過瓷枕的盧生，走入其竅漸大、越見明朗的彼岸。只是，董橋的黃金彼岸來自舊時的文化。

四九年前後，香港西摩道斜坡上的〈硯香樓〉，四方而來的文人政要，雪白四壁上的明清字畫，烏木鏡框裏的條幅扇面，「笙歌畫舫月沉沉」，買賣來去的是溥心畬的山水手卷。家國頹傾，政治失意，什麼才是隱身江湖的依盼？

> 玩物以懷舊，懷舊以見志，文化浪子和政治遺民合於一身，使他們成為清初社會雙重的邊緣人。[12]

「玩物以懷舊，懷舊以見志」，即使落拓，因為有物，還是多了幾分浪漫與情懷。誰說不是呢？

> 你還有緣聽過胡適之演講，上過蘇雪林的課，收到梁實秋的信，掛了臺靜農的字，多大一造化！[13]（圖6-4）

永遠泛著銀光、美好的舊時明月呵！

二、南洋故夢

《聯合報》董橋專訪「舊時月色裏的文化貴族」，如是寫著：「印尼僑生十七歲進入成大中文系，紅磚院落、昏暗廊燈，樹叢中的蟬聲與隔牆的蛙鳴，這樣古舊的讀書歲月，延伸到後來的英倫八年，再到香港『明報』與『蘋果日報』的總編輯與社長，董橋整個人，是『老時代』裏提煉出來的。」[14]正是，他的舊時月色裏還多了濃濃釅釅的綠意，一樣的深院大宅，卻多了蕉園的涼蔭；像移植了江南故國，卻異地長出更精粹的奇花。這異地正是董氏僑居的印尼，也是漫去雜蕪、濃縮了中國意象的南洋。一篇〈為夏夢從影六十五周年寫〉，素描更添油彩細細繪著：

小城分兩區，都不小。一區歐陸風情，荷蘭殖民時代林蔭街巷粉牆洋房都在。另一區是唐人區，馬路窄，唐樓多，店鋪住宅分不開，熙熙攘攘彷彿盡是康有為梁啟超蔡元培聞一多朱自清。門廊上樓道裏悠悠閑閑倒是張恨水筆下一些少奶奶和大閨女了。到底是老民國老唐山飄洋飄過去的舊派人物，像綺華綢緞莊轉角一那家戲院那麼舊。演話劇演京劇唱南管唱粵曲都在裏頭，電影最多，全是香港拍的影片，右派電影公司左派電影公司的電影輪番上映，戰前戰後上海拍的老片子塞空檔，黑白拷貝雨聲雨絲棄不掉，周璇唱的《桃李春風》破了桃李斷了春風。熄了燈小販摸黑兜售零食飲料，付錢找錢靠他胸前掛的手電筒照明。都說那家電影院三分像北方聽戲的茶園，戲台兩邊的楹聯聽說也是唐山民間慣見的劇場聯語，很長，年久記不清了，也許又是「演悲歡離合，當代豈無前代事；觀抑揚褒貶，座中常有劇中人」，顏體穩重，金粉斑駁，氣勢還在。[15]

這分明是中國，戰火不曾波及或年號尚未更迭前的中國。絲竹仍奏著，閨閣仍低眉倚繡，茶館楹聯仍是六朝金粉。但這分明不是中國，因著戰亂因著經商，為了生存來到南洋，如何遺續了反而越見純粹的中國？

董橋身上，我們看到質地純粹的舊文化教養，濃蔭樹木、深宅大院保護著舊文化；去了屋外曝曬炎熱的異國，它們去了背景，像在中國、卻比中國更像中國。一如他二〇一五年集結出版的《這一代的事》，一封作家寫給女兒的信，他說：「你爺爺當年久客南洋，也忘不了唐山的一山一水，他說《燕廬札記》裏有這樣幾句話：「予寓之燕，兩廊不下百餘；每當夕陽西下、炊煙四起時，頗有倦鳥思還之態。吾人離鄉背井，久客異方，對此倦鳥歸巢，能不感慨繫之……」[16]

對於境外中國文化的研究，學界有諸多論述，如黃錦樹《馬華文學與中國性》，其〈神州：文化鄉愁與內在中國〉、〈中國性與表演性：論馬華文學與文化的限度〉等，對於「內在中國」有最精闢且切身的看法。[17]杜維明有「三個象徵世界的實體」定義的「文化中國」概念；又如李亦園的「從民間文化看文化中國」，他將中國文化看成中上層的士紳與下層的民間文化所共同構成，從民間文化的角度，彌補了杜維明的「文化中國」模型。後者歸納「文化中國」範疇內的華人，在日常生活上的共同特點有三：「一、某種程度的中國飲食習慣。二、中國式家庭倫理以及其延伸的人際行為準則。三、以命相與風水為主體的宇宙觀。」[18]這論述從民間社會中父系家族所代表的權威體系，及它所伴隨而存在的父系祖先崇拜到不同空間時間人際關係和諧，將較為強調抽象的倫理觀念大傳統，扣合較著重實踐的儀式方面的小傳統，成一生活面向的大傳統文化。移民必然攜帶不可遺忘的生活傳統。

而董橋顯然以另一套細節書寫成就他的「原鄉人」浪漫傳奇，他從翰墨、文房，從古雅清玩寫起。一如葉啟政在〈期待黎明——對近代中國文化出路之主張的社會學初析〉中說道：「象徵傳統自身實際上並不自存，它必須依附在器物、文字、符號或人實際行動當中的諸多動作等等，才可能展現出來的。於是乎，他的存在是表徵性的，具高度的滲透性。它猶如所謂的「魂魄」一般，必須依附在一種具形的「體」上面，才可能被感知到，也才有發揮社會意義的作用。」[19]還有什麼比文人尺牘、書畫、雅好，以至教養更是文化中的「魂魄」！

作為政權國族的中國已湮淹難辨，傳統物件已被拋在過去的時光，董橋用靜謐的文玩書寫，寫下他的文化中國。於是，我們看到「吉慶棧」過手雅玩極多的徐老先生；看到人們捧著古玩，透過他的鑑定與說法，傳遞古老的故鄉的知識。[20]複製品似的場景，在他鄉上演新的情事。

我們學校原是中國國民黨支部一幢深宅大院，正院大殿整座大理石裝飾，長年陰涼如春，辦公室、圖書館一進一進連進大禮堂。正院兩邊各闢大花園，古樹婆娑，綠蔭如畫，後來還募捐加建了長長幾排教室。後園校長寓所最大，住者一位盛年英俊的河南才士，風流韻事不少；兩邊是老師宿舍，一套套的套間住看十幾位唐山去的老師，有的單身，有的帶了家小，家家門前都搭棚種花養魚，謝老師那個套間靠著山坡，後門外還有一口古井，她說更像北平的老四合院了：「索性也叫苦雨齋吧！」[21]

苦雨齋自北平南渡到了島嶼，依然國民政府風格，依然有河南才士，家家蒔花養魚，像極了北平。另《一紙平安》序裏寫到作者小時候，過年過節常跟大人到三保洞拜祭，石洞很小，供奉三保公石像，香火鼎盛，入洞煙薰難忍。洞外古樹參天，鄭和船隊的藤纜還懸掛洞口，洞前古井，人人參拜，並喝井水祈求平安，有詩聯說道：「兩字平安三尺井，萬家心願一爐煙」[22]。千山萬里移民他方，平安當然第一要務，但萬家心願仍以祈拜形式留存，猶然一爐香火命脈延續。

因此，我們亟欲追問的是：離鄉必定懷舊？去國定有鄉愁麼？究竟是何種心緒，使得他鄉仍如故鄉？且更勝故鄉。趙靜蓉剖析：「懷舊最基本的導向是人類與美好過去的聯繫，而在現代性的視域下，這一過去不僅指稱時間維度上的舊日時光、失落了的傳統或遙遠的歷史，還指稱空間維度上被疏遠的家園、故土以及民族性。」[23]

闊別五十年，沒想到我們的再見是在我母親的喪禮上。深深謝謝你從我記憶中遙遠的之三寶瓏趕來雅加達送殯，靈前紅燭搖晃的幻影裏，你彷彿從我們母校的榕樹下款步走進那座蒼老的大禮堂列隊等著聽我父親演講。不會再有另一個五十年了，你來了真好：跨越我母親學步走過的光緒和宣統，跨越你和我丹心皈依的南京的民國和臺北的民國，我們促起紅色大陸風濕的膝蓋細說僑民對家國的憧憬與幻滅。故園荒蕪，舊夢零落，無恙的畢竟是少年同學心中的風雨歸舟，扁扁的一葉終究載得動無涯的歌哭。24

讀著恍惚，時間、空間全部失去軸線；跨越光緒與宣統、南京與臺北，若能顯微鏡似想像那隱去的背景，該是僑民一擔一舟飄洋過海，在他鄉重建故鄉的篳路藍縷吧。

蕭姨家在城郊幽靜的斜坡上，深院大宅四周花木萬千，像個小植物園。正宅是荷蘭洋房，大廳正中掛看顏文梁一幅大油畫，畫江南水鄉人家，濃濃的油彩抹成粗粗的筆調，遠觀竟成一片迷濛的雨景，石橋兩邊的樹影人影都在動，小船過處，艷瀲的燈影頓時浮起宋詞元曲的嬌韻。25

羅家信佛。羅縵信佛。羅家南洋祖宅設佛堂，四壁掛滿弘一法師墨寶，大幅小幅十多幅，爺爺那輩人供養的。弘一書法南洋多，新加坡廣洽紀念館一層樓一層樓集藏數百件，信札也多，廣洽法師數十年細心搜尋集存。紀念館門前兩株菩提樹落葉滿地，真好看，羅家一冊貝葉羅漢正是菩提葉片畫出來的。26

荷蘭洋房搖曳著江南水鄉風情，小船過處是宋詞元曲的餘韻，羅家佛堂則根本是中國了。不僅羅家佛堂，文末，作者寫道：「董家代代信佛，老家後園設佛堂，晨昏三炷香，心安。那座佛堂建在百年芒果樹下，我小時候放了學喜歡躲進佛堂裏做功課，香燭氣味縷縷幽幽，安人心神，到老不忘。佛堂旁邊是我的書房和臥室，室外小小花園是我種花養花的小樂園。六七十年前的舊夢了。」馨馨念念的是故國舊夢啊。

三、英倫往事

村上春樹早期的《開往中國的慢船》，記了三個中國人。起首第一句話就問：「我第一次遇見中國人，那是什麼時候的事呢？」[27]並且寫到「這篇文章，就從所謂考古式的疑問出發。各種出土品貼著各式的標籤，分門別類地進行分析。」。書名與此方或可用以觀望董橋的「文化中國」之路，從荷屬、英殖民的印尼，到臺灣，再往英倫的「開往文化中國的慢船」。作家回憶中學時期，寒假暑假都跟大人一同度假：

> 總是住在那家殖民時代的月芽山館，陳年老客棧，歐陸風味的大宅院，雪白的外牆繽紛的花園石雕的噴水池。兩層樓房全是大理石地板和半截柚木牆壁，一間間套房每間都鑲著一扇柚木百葉落地長窗，開出去是小陽台，坐在陽台上喝茶遠遠近近漫山遍野的橘子樹，風一吹橘香清馨醉人。鄰房陽台上偶爾傳來幾聲人語，彷彿吉普靈、毛姆還在細聲聊天。我總是住在二樓走廊盡頭十六號套房，書桌大，浴室大，床也大，滿室是淺綠墨綠裝飾，薄紗蚊帳也是淺綠暗花配墨綠花邊，罩在裏頭午夢初醒的感覺至今難忘。[28]

關於童年與少年時光，董橋作品總滿溢著這般淺綠墨綠的光，綠意下有歐陸大宅，度假的人們與生活的人們同樣浸潤於古典氛圍中。〈三白小記〉裏，珍愛沈復畫作的程老先生，總要和作家說些南國舊事：「搬出一大盒老照片給我懷舊：英國樣子的老洋房，寂靜的林蔭街道，蔥蔥蘢蘢的後花園，白牆紅瓦的老客棧，掛著羚羊標本的會客廳，擺滿盆栽的小陽臺，幾個廚娘坐著聊天的大廚房。都是他記憶中的童年。也是我記憶中的童年。」[29]

這個南洋綠色意象內的人們，無人不典雅，無論華、英，皆暗香浮動；「午後站在窗前凝望滿園花草的也許是吉普靈，也許是毛姆。山城天氣全年如秋，天花板上沒有吊扇，四壁只有一簇簇亮麗的壁燈照活了李曼峰的油畫。」[30]此典雅在董橋筆下毫無國族地界，世界一家，自然主義的毛姆也同樣刻入李曼峰濃豔的筆意中，在董氏筆下也如竹刻顯影，露出醱醇如酒的中國紅。慢船載著董橋，駛往臺灣，再往英倫，越濃越香，原因無他，因為主角是深受舊教養的董橋，文化浸潤已深入肌骨，連帶船的走向，也自動導航。

然而，這條航線從十九世紀已經鋪就，薩依德《東方主義》剖析歐洲人的西方經驗中，是如此看待東方的特殊位置：「東方不只是與歐陸毗鄰，它也是歐洲最大且最富足、最古老的殖民地，是其文明及語言的來源，它的文化競爭者，以及其最深、最常一再出現的「異己」（the Other）意象。除此之外，東方作為一個相對照的意象、理念、人格與經驗，也幫助了對歐洲（或西方）的自我界定與示明。然而，這個東方絕不只是一種想像性的東方。東方是歐洲物質文明與文化整體中的一部份。而東方主義即是在文化、甚至是意識形態的層面，將這一部份表現與再現為一種論述模式；而這一論述模式受到制度、字彙、學術、意象、教義、甚至是殖民的階層體制與殖民的風格等等的支持。」[31]海洋霸權從西方來到東方，從驚艷到掠奪，文物承載東方美學，又去到西方，歐陸成為域外的藏寶之所。其影響複雜，從學術理論到創作，早已成一部大書，「西方的現代主義作家有許多方式與途徑去接觸中國藝術：書、私人收藏、收藏家、資助者（patron），漢學家、畫家、朋友、展覽、博物館、私人畫廊等，這已說明研究現代文學不應侷限於文本。中國藝術與西方現代主義者之間的關係其實已深入歐洲的帝國主義生活之中，而且與不同的現代主義運動之中層層重疊的來（associations）與成群（groupings）有密切相關。」[32]此近已有越來越多關於中國藝術對西方影響的論著。

在創作者董橋眼中，便是一條中國文物與文化的流道，我們在他文章中，看到每一次曲水流觴似的漂移，文物的引渡與停留，多麼像觴盃的停泊靠岸。

> 早年常在英倫遇到一些精緻的華夏文玩，威爾遜說他在一位舊家子弟大宅裏見過幾件明清竹木筆筒，絕精，懇請讓出一件都不肯。潘恩說黛西祖母祖傳那件翡翠鐲

子「綠得像夏天的樹林」，早些年天價賣去紐約了。我家那柄西崖刻的牽牛花扇骨也是 Leonora 在倫敦替我找到的：「美好的老歲月！」[33]

大幅的毯子那麼大，小幅的毛巾那麼小，有燈籠錦，有青綠簟紋錦，那幅瑣窗格子錦邊上有些霉爛，一大幅曲水小折枝雜花錦最秀麗，康熙年間的珍品，姑父說沈從文書裏全寫了，那幅織金格子錦一位美國外交官的夫人出大價錢跟姑母買姑母不賣。「三、四十年代我迷戀這樣精緻的舊錦」，姑父說，「蘇州杭州北平到處找，四九年全留在老家，逃出來只帶了十幾幅，女兒出嫁拿走了一些，也不懂，到了外國全送人了！」老先生似乎稍稍後悔送女兒到美國讀書，說是讓她去英國也許多懂些老古董情調，清代花錦這樣的刺繡藝術她會學著愛惜：「我讀書那年代倫敦古玩店連清朝官服都有，」他說。「一位南京官員還買到繡花綢帳，丹鳳朝陽，祥雲捧日，細柔豔麗得出奇！」[34]

正如薩伊德所言：「在小說《坦可立德》（*Tancred*）中，作者迪斯萊利（Disraeli）曾經說過，東方是一項畢生志業（the East was a career），他之所以會如此說，乃是意指西方的年輕人將會發現「東方」是個可以讓人熱情全副投入的前途；他的意思當然不是說，東方只是一個事業而已。實際位於東方的國家與文化，他們的生活、歷史與習俗是遠比在西方所能描述的「東方」，更是一個活生生的現實面。」[35]

中國老文物的漂流之路，成為董橋的文物收藏之路，不僅成就他的「文化中國」旅程，也是東西方文化交流之路。他的篇章補足了東西文化交流於理論架構下活色生香的互動，那些如煙往事，像骨架外的肌血豐盈，充滿溫度與情感，他沿路記下的風景，不只是他個人的，也是從文化中國到東方主義的記憶之書。

四、董式寫物

下麵的小菜六小款，雪白盤紅翠綠精緻得像幾幅丁輔之的扇面畫，麵條尤其壯得不輸翁同龢的筆勢，老母雞熬出來的那一大碗雞湯暗裏透亮更是乾隆宣紙的古豔。「我自己改良過的菜色，」章先生說。「甜點是灌飽糯米的大紅棗，等於最後鈐在書畫上的幾枚閑章，蜜糖蒸的！」[36]

舊世家的教養，董橋常說自己是民國遺老，是最後一代有幸沐得清風，照見明月的民國文人。自幼時父親長輩叮囑習字，一路前行，看盡一代文物繁華，全是最精粹的文化教養，他自然也承襲了寫物以言志言情的傳統。但為文數十載，著作等身，董橋與他人不同：同是院中砌景，他是太湖山石，嶙峋鏤鐫，洞中有天。同樣寫物，他寫出「物」的別樣風景，自成一派「董式」風格。上述餚饌白描了說，就是主食一麵、小菜六款，但歷來寫飲食「金貴」未有逾此：一桌古豔的乾隆宣、丁輔之的浙派扇面、翁同龢可扛鼎的筆力……這便是董橋。

寫物傳統，寫源流，寫作者，寫形制法度、美麗驚豔，大抵不出此要，蔡玫芬說文玩「成為雕塑、範燒、琢磨等等百工競技的勝場」，品玩不求繁豔富麗，但求「几榻有度、器具有式，位置有定，貴其精而便、簡而裁、巧而自然也。」[37]觀賞序錄的脈絡也一致如此，書寫有度、有式、有定，精而便，簡而裁。如《青玉案》裏錄下文物大家王世襄先生《自珍集》〈諸藝〉一章為臥獅的藝術造詣和歷史價值所寫：「頭顱下豐上隘，怒睛隆眉，闊吻高鼻，無不碩大逾恆。耳卻短小，豎立不垂。髮鬣稀疏，全不誇飾。尾毛回拂，亦甚簡略。凡此均與元明以來獅子形象迥別。樸實無華，轉增其威武雄偉。鑄造年代似不能晚於宋，或謂可能更早。」[38]王先生寫物，文雅生動，豐腴骨秀，自是經典。

但董氏尤其擅長「以物寫物」，南洋「吉慶棧」傳奇，他寫過不只一次，像隨身攝像錄影，要讀者跟著他的文字恍若經眼：

書房棗紅色的方磚地板真像他說的蠟淚紅古玉，一堂紫檀家具又像一組一組的劍珌，那兩壁枯葉色澤的線裝書倒是最迷人的玉中秋葵了。老先生聽了開心，繞過七扇雕填圍屏打開鐵櫃拿出兩件玉器讓我們開眼界：「三代的玉環，三代的玉輞頭瓶。」[39]

如同前文用書畫寫飲饌，能用古雅劍珌寫紫檀，用古沁寫線裝，又是非董橋不可。「以物寫物」使得歷史感與意象加乘，包漿效果更滿溢蜜色。

〈板橋舊事〉從板橋，寫醒廬，到紫薇園，看似寫醒吾先生與萍姨的一生情緣；但內文流轉過漁洋山人的《池北偶談》《談藝》、桂馥《札樸》、龐獨笑《紅脂識小錄》、陳小蝶《消夏雜錄》，到鄭逸梅寫的《民國筆記概觀》、陳定山《春申舊聞》，依絆牽繫全是舊人舊事，一如文中醒吾先生自書房拿出兩個錦盒中，帶「尚均」款的，各裝一枚好大的田黃印章。

> 田黃金貴，尚均難求，鄧之誠《骨董瑣記》裏說：「予前記周彬與尚均，工製印鈕，與楊玉璇齊名。據陳焯湘《管齋寓賞編》，記沈周仿大癡山水小幅云，此蹟藏漳上周氏，周彬其印也。乃知其人漳州人，能藏書一畫，必是士流，故其製鈕，較玉璇尤雅。」[40]

最是典雅的觀賞敘錄。

「以物寫物」，是以掌故寫眼前物，董橋更善植草灰蛇線於兒女情事，這又是董氏一絕，〈沉香鈎沉〉亦同。出身舊京世家的杏廬先生，身傍麗人，紅袖添香，名士情愛串連全篇，然而，麗人「篆香」才是主角：

> 記沉香那段引《日下舊聞考》中〈安息香〉一條，說劉鶴所製月麟、聚仙、沈速三品最佳，劉鶴還製龍涎香，製芙蓉香，製暖閣香，杏家藏黑香餅據說也是劉製，裝在錫盒裏。隱記得杏廬說那位老先生祖上也製線香，跟劉鶴一脈是親戚。《日下舊聞考》裏說「線香則數前門外李家，每束價值一分。」[41]

「沉香木雕臂擱，原形木料加工浮雕一枝杏花，剔透玲瓏，深棕色的木紋包漿極老，潤亮可愛。……難得的明代雕工，清素中盡見雅韻。」又，「一枝沉香雕的髮簪更精妙，鉛筆那麼長，花紋細如微雕，老早成了杜篆香髮髻上的夢影。」寫麗人「篆香」處，又似寫沉香，連珠翩翩，「篆香燃盡，香字存灰」，情牽一生，是兒女情長，也是物的牽絆。（圖 6-5）

> 記得杏盧常說沉香文玩雕琢不宜繁密，越是留住木紋木形越可貴，比如麗人峨眉淡掃，難掩嫵媚，那才叫姿，才叫色。[42]

沉香，亦是篆香，如影隨行。

文物流傳，往往數十百年，難免歷史與身世，作者輾轉於故園與他鄉，眼界、遭遇本是入文的好材料。《故事》有意以小說體書寫之，然而，其他篇章雖為散文之體，讀者仍可於其中追尋故事。〈吉慶棧遺聞〉中，伴隨三代玉環、玉瓶而生的鬼影幢幢：「剛住進吉慶棧那年房鬧鬼，天天晚上傳出女人的飲泣聲，做了法事不哭了，換來的倒是我書桌上天天早上都出現幾絲長長的頭髮，痴情得很！事過半個多月，正巧唐山來的一位老同鄉等錢用，賣了這兩件寶貝給我，我想起古玉辟邪的傳說，試試鎮在書桌上，奇怪，頭髮從此都不見了，我竟有點牽掛她！」[43]（圖 6-6）董橋幾冊書裏反覆出現的雲姑、蕊秋、靜叔、蕭姨、沈茵，他們的身影在不同書頁裏像故事未完，清玩雅事在他們手上流轉，回眸低盼，也像我們識得多年、深黯脾性的老友了，他們都是「董式」書寫不可玦缺的一環。

董橋滋養於傳統詩詞筆記的為文功力，每每讓人拍案叫絕。他素喜典雅元素，只要一施展油畫上色技藝，文物立刻活繃眼前，如：「一件是紫檀嵌螺鈿百寶筆筒，貝殼、琥珀、綠松石、瑪瑙和壽山石嵌出一幅花卉圖，梅花茶花山石都生動，乾隆工，小巧雅麗。另一件是黃花梨葵花形筆筒，整挖六棱花瓣圍成筒身，線條柔和，毫不突兀，底部弦紋葉片玲瓏澹秀。全器輕得像竹筆筒，都收了水。」[44]（圖 6-7）細緻秀雅，直追王世襄。有些寫物描繪，如：

> 說明代剔紅的紅才是燭影搖紅那抹紅，清代剔紅的紅只是暑天嶺南滿樹荔枝的俗紅，合該醉倒楊貴妃那樣的俗氣婦人。[45]

他們家的廚娘最會燒獅子頭，俞老伯說獅子頭關鍵在顏色要像舊楠木，老了是紫檀，嫩了是黃楊！申先生說此論可入《世說新語》。[46]

以剔紅論明、清佳麗，以楠木紫檀喻獅子頭，驚鴻一瞥，便成經典。

五、游於藝

「雖然很小，卻頂著一種超然的莊嚴，鑲在碧澄澄的天空裏，給辛苦的行人一種神秘的快感和美感。」建築家有這樣的領會，梁思成名之為「建築意」。[47]

其〈論品味〉引民國建築學者梁思成與夫人林徽音一九二三年往香山途中發現三座小小青石佛龕，南宋風韻，七百年後仍予人一種神秘的快感與美感。作家特別藉此發抒「意」的神妙。「意，不太容易言傳，等於品味、癖好之微妙，總是孕含一點『趣』的神韻，屬於純主觀的愛惡，玄虛不可方物，如聲色之醉人，幾乎不能理喻。『趣味』無

『體』亦無『物』；『趣味』若能歸為體系、附會實證，則『趣味』已非『趣味』，『趣味』凝固成理念矣。這正是袁宏道所謂『世人所難得者唯趣。趣如山上之色、水中之味、花中之光、女中之態，雖善說者不能下一語，唯會心者知之。』」[48]從南洋故國一路行來，董氏眷戀舊時明月，此中所現還有一點朦朧地、光暈地、意在言外的「味」、「趣」。這似乎使我們見到一條窺見董橋翫於物的蹊徑！他畢竟不是一位考古學家，終究未成為一位歷史學者，亦非著意論述文化脈絡、文物研究。數十年文學寫物粲然，那意在言外的是什麼？物外之意是什麼？

行文於此，在他的翫物之途上，似乎早見前人或邁步，或佇立，定睛會神、欣於所遇的眾多身影。

> 人生一世間，如白駒過隙。而風雨憂愁輒居三分之二，其間得閑者纔一分耳，況知之而能享用者又百之一二，於百一之中又多以聲色為受用，殊不知吾輩自有樂地，悅目初不在色；盈耳初不在聲。
>
> ——宋．趙希鵠《洞天清祿》序

孰知閑可以養性，可以悅心，可以怡生安壽，斯得其閑矣。余嗜閑，雅好古，稽古之學，唐虞之訓；好古敏求，宣尼之教也。好之，稽之，敏以求之，若曲阜之舄，岐陽之鼓，藏劍淪鼎，兑戈和弓，制度法象，先王之精義存焉者也，豈直剔異搜奇，為耳目玩好寄哉？[49]

——明．高濂《燕閑清賞箋》序

翫物之途上，可以列出一連串幾乎等同於文學史份量的名單，這類文人往往多重身份，不拘一格，不器一類，既是文學家也是生活家。宋代以書生主政，徽宗皇帝自身的藝術家特質使他每在歷史評價的天平上錯位；然而，宋代知識份子的全方位配備，的確使現今分門別類以至狹隘的我們艷羨不已。北宋的邵雍從易學入手，論述「全人」的概念謂：

夫人也者，天地萬物之秀氣也。然而亦有不中者，各求其類也。若全得人類，則謂之曰全人之人。

——北宋．邵雍《漁樵對問》

在文人養成之路上，契慕渴求各類之全，這正是宋代文人於歷史長河中，顯得熠熠光彩的原因。

宋人崇尚復古，「多識草木鳥獸之名」[50]原是孔老夫子的務實之方，《論語．雍也》確言「仁」的養成之法在於「志於道，據於德，依於仁，游於藝。」宋代不僅落實「游於藝」，更將此法發揚得正大光明；從禮樂射御書數之「六藝」，遍及生活的層層面面。以大儒朱熹集解《論語》此則，可見一斑：

> 游者，玩物適情之謂。……
>
> 游藝，則小物不遺而動息有養。學人于此，有以不失其先后之序、輕重之倫焉，則本末兼該，內外交養，日用之間，無少間隙，而涵泳從容，忽不自知其入于聖賢之域矣。
>
> 禮云札云，御射數書，俯仰自得，心安體泰，是之謂游，以游以居。[51]

玩物適情，日日涵詠，悠游其中，齊家治國平天下的大志下，能否將生活過得雅緻愜意，成為另一種光譜設色。無怪乎自《洞天清祿》以下，中國文人堂堂皇皇開出寫物專輯的繁華盛景。《易傳》有言：「形而上者為之道。形而下者為之器。」宋代以降的文人則將「道——器」一以貫之，寫物以言志，俯仰以證天地。袁濟喜在《承續與超越》中，闡論從孔子的「游於藝」到莊子的「逍遙遊」：「典型地展現了中國傳統美學在天人之間、必然與自由之間所採取的一種審美態度。是從中國遠古時代即已萌生的對待自我與他我的一種審美人生方式。」[52]

「游」，正是賞物、玩物、書寫物的關鍵一字，從養成、浸潤、悠遊，如湯顯祖所謂「情不知所起，一往而深」。由此，我們似乎可與董橋直面相見了！「游於藝」正是他心心念念的舊時明月，也是他滋養生命、書寫人生、揣於懷中的明珠呵！無怪乎作者筆下多記述此類典型，〈一剪梅〉裏的「陸家在三樓，寬暢的客廳飯廳清雅得不得了，齊白石四屏花卉靜靜鎮在大沙發後面，不大，很帥，每一幅都棲著工筆小蟲，第四屏題了長長一首詩。幾盞壁燈幽幽照亮幾幅傅抱石溥心畬張大千的畫和于右任沈尹默的字。」[53]（圖6-8）；「陸小梅的父親我認識，英國洋行的部門經理，杏廬先生的好友，喜歡收藏明清文玩，熟讀明清筆記，也愛玩玩小字畫，冊頁、扇子都收，跟我的癖好很像，杏廬帶他來我家看我的藏品，一見高興，成了知交，時有來往，我和杏廬都叫他「陸大人」，說他清清貴貴像個大知縣。」[54]又如〈小天一閣〉中的老汪「連字都學胡適之，一點點蘇東坡，一點點鄭孝胥，一點點瘦金體，籠起來籠出胡適體。」[55]作家筆下這一個個微而具體的陸大人、老汪，籠起來籠出文人悠游於藝的生命樣態。

唐代張彥遠於《歷代名畫記》最早提出「外師造化，中得心源」的說法，山水畫凝鍊天地造化，將胸中次第托於一方紙墨：

> 這種將人與自然外物關係審美化、體驗化的文化觀念，使得中國傳統美學融注了中國人的心靈感情，是中國人將實體世界與世俗人生相貫通的肯綮，它使得中國文化可以歷經風雨滄桑而得以一脈承。中國文化的生命力不在於剛性的典章制度、道德說教，而在這種柔性的美學精神，它是中國人精神的家園。中國傳統文化將「藝」視為天人之間的津梁，審美與文藝創造滲透著天人相和的體驗，非靜觀的認識。這種審美體驗融情感與認知於一體，它不同于宗教而又有宗教那樣的超越意識。[56]

天—藝—人，「神與物遊」，藝與物看似小我，卻以柔性實踐、體現外在之天地與內在之自我。董橋嘗列舉余懷《戊申看花詩》的自序說：「古人不得志於時，必寓意於一物，比如嵇叔夜愛琴，劉伯倫、陶元亮愛酒，桓子野愛笛，米元章愛石，陸鴻漸愛茶，而他看花愛花，也是寓意。」[57]游藝本身或與林語堂在《中國人》裏論中國的詩歌具有某種宗教意義，玩物、寫物亦皆帶有此等情懷。而其後之人，藉著觀物、賞物、閱讀，又承繼前人情懷。董橋閱歷極豐，人與事一入文章，便成風景；但他最盛讚如宗師的，大概不出一二人，王世襄先生便是其一。他說「一九四九年之後的陰晴圓缺：政治的，學術的，收藏的，人生的。老先生平日少說私事多說學問，難得《自珍集》裏一段一段的著錄他零零星星寫了一些珍品的出處和入藏的經過，紙短意遠，百讀不厭。」在盛世與亂世中，一部《自珍集》像一生集藏的寫照：

從無聲無息的角落裏發掘有聲有色的霸業，幾經寒暑，幾經磨難，回眸處換了人間，白了鬚眉，紅了名望，一批藏品往市場上一撒，市場頓時發亮，東方西方整個古董鑑賞界都驚嘆他平生識見之遼遠品味之高超氣度之瀟灑。[58]

識物與藏物，無一不是一生志業。

六、物與時代

如前文對王世襄先生的評價，「物」自製作起，或隱身江湖，或摩挲於名家之手，與詩人、家國運命的依存或蹇蟄何其相似。「志於道，據於德，依於仁，游於藝。」游藝之上，還有「道」籠罩牽繫。因此，不論是「天—藝—人」或「道—物—人」，文物、古玩身上的歷史，皆如中國書畫上的題詩與鈐印，留下記憶。趙廣超以「寫遍天下」為目，細談文人喜於自己作品及他人作品上題詞寫字的癖好：

> 宋代之後，寫字之風從真實的山林川壑，進入藝術家筆下的山水捲軸。冊頁、團扇都出現題字詩詞等充滿文學氣息的活動。有時是畫家的自我發揮，有時是同儕的贈與，更多的是鑑賞者、收藏家、後代的名士高官以至帝王將相的頌讚、意見，甚至擁有的證明。
>
> 文人視天地為「書齋」，山川為「絹素」，好山好水好詩好字好景致，已成中國古代的「地貌」特色。[59]

後世藏家、鑑賞家喜於書畫鈐印賞評，更甚者如乾隆，連瓷器、玉璧皆鐫上其詩，反而成為文物的履歷。（圖 6-9）

輾轉人世，物的身上必帶著人的印記、時代的刻痕，如時光鏤雕下的山川地景。而董橋最善於捕捉此時代與物的千絲萬縷，如他極愛論述的晚明及其小品文，又或是近代中國的百年滄桑！這些他經歷過的時代、人事，親眼所見的文物、藏家，透過文筆，像寫一章中國文物的繁華過眼錄。

《青玉案》中寫明朝是個醉人的朝代，「晚明更是一段闌珊而纏綿的世代。十四世紀中葉到十七世紀初葉，明代的從容文化浸淫出了素美的滄桑顛倒了多少蒼生，政治的輓歌一旦化為山河的嗚咽，傳統唯美意識終於款款隱進末世的風雨長亭：道統盛宴釵橫鬢亂，人文關懷餘溫縷縷，幾代星月繁華的藝情匠心難免空遺宣德名爐沉潛的紫光；正統搖落的一瞬間，桃花扇底斑斑的泣紅，宣示的豈止媚香樓上佳人的傷逝！搜獵明代小文玩的歷程中，我一度從余英時先生論中國文化價值系統的著述裏推斷那兩百七十多歲的朝代是個禪宗襟懷的朝代，『擔水砍柴無非妙道』的平常心造就了明人淨真的品味：倪元璐的書法哪一個字不是一念執著的看破？甚至家仇國恨的不甘也許也夾雜看那份渾金璞玉的難捨。」[60]〈翠玉簪〉裏留佇髮間的翡翠簪子，「是光緒年間水汪汪的冰種極品，雕了兩朵含苞梔子花，做工玲瓏：「襯在烏亮的秀髮上簡直徐燕孫丹青裏走出來的庭園仕女，一位春申公子動了心，替她起了個標緻的小名叫翠玉簪！那樣的故事彷彿民國初年微微褪了色的絹本團扇，我這一代人年輕的時候還沾得到淡淡一縷幽香，惘然中不無幾分怍然。」[61]又，《橄欖香》裏藉沉香勾沈，多少動盪時代的動盪文物：「老先生鬚眉銀白，光爍亮，一管鷹鼻一枝筆似的英挺，純正國語一個字一個字慢慢迸出一句句動聽的話，隨便說說經歷說說掌故抄下來都是上好的筆記。說他出身舊京書香世家，抗戰前後是游走京滬的買辦，家藏一室青銅器，還有一批絕世宣爐，三十年代整批轉讓給一位富商。座上一位圓通訊社駐港特派員問老先生珍品易主的感想，老先生沉默了一下徐徐迸出八個字：『身外之物，過眼煙雲！』」[62]

身外之物，過眼煙雲！

幾個字，如撕帛裂布！生命何其短暫；物，依然在歷史與時間中漂流又停駐。

正因如此，那些被歷史拋出的、停下來的、捧在手上的、回眸一見的，莫不叫人感慨珍惜。作家寫山河巨變，文物一夕匯流香港的情節，像一頁元史，漢人南人四處流散，小隱於市，遯跡山林，讀來哀戚無聲。

五、六十年代中國大陸政治運動像今日請客吃飯一樣尋常，古舊文化變成毒草，家家撕毀歷史，山河一片血色，省市鄉鎮垃圾堆裏要命的四舊源源運到境外古玩店的貨架上，香港老一輩收藏家就在那段暗淡的年月裏邂逅那樣燦爛的文化遺產，大有大買，小有小玩。我逛古董街儘管晚了好些年，還算趕上最後一班列車撿了些消魂的小木器、小竹刻、小玉件、小古硯、小字畫。那是小襟人物穿過月亮門瞥見平兒釵影的驚喜！[63]

「一九五五年冬至那天撿到的，」他說。「天快黑了，我走出中環高羅士打行，一位口講上海話的中年漢子悄悄走過來對我說，過不了年關了，家傳這件乾隆年間宮裏的精品忍痛捧出來應急。我拉他上樓借朋友的辦公室說話，打開包袱一看，這件八寶盒簡直是博物館貨色，我傻眼了，六百五十塊美金當場成交！」[64]

在文物流傳的故事裏，滄桑如太極陰陽隨行；賞玩的早已不只是美感，物的那頁身世更叫人動容。比如徐志摩，比如張伯駒與潘素，董橋說自己：「早歲熟讀徐志摩的新詩，驚嘆的也是他白話裏蘊涵的千錘笙磬和百煉璣翠，任人怎麼顛撲都注定毀不了他一身藍縷、萬程筆路開拓出來的溫山軟水。」[65]又：

讀書界珍惜的永遠是作品背後那一縷筆緣墨情：潘素的山水迴蕩著張伯駒的春游倚聲；陸小曼的樹影遮不住徐志摩的雲彩小札；周鍊霞繡帳春心的寫照，流露的更是《螺川韻語》中曠古詞句的消魂。徐先生徐夫人隨便拿出幾幅名媛小品竟然全是蒼茫烟水小數點寒燈的消息，畫也深情，字也深情。[66]（圖 6-10）（圖 6-11）

竹、木、牙、角雕刻跟字畫一樣欺人。光靠技術難免匠氣，供養些學問出手才飄得起雅氣：工匠的工藝品闖不進紀曉嵐的閱微草堂，脫俗的藝術創作才成得了俞曲園春在堂裏的長物；木匠齊白石花盡半生心血練成一筆好字好詩，杏子塢老民那臨風的一揮終於造就了曠世的神品。[67]

從藝術創作，到收藏藝術，涵養的皆是心，正因為涵養的是心，因而紀錄的便是人和歷史了。有貫徹與收攝心念的「道」，游於藝，便也志了道。朝代更替，有人為所不能掌握的命數、月的陰晴圓缺，游於藝，有時看似縱情，也許也是不得不的「撫今憶昔」歷史興替吧。董橋說自己是舊派的人：「窗竹搖影、野泉滴硯的少年光景揮之未去，電腦鍵盤敲打文學的年代來了，心中嚮往的竟還是青簾沽酒、紅日賞花的幽情。我從來享受不到潘先生那樣的翰墨因緣，幾十年來畢竟不甘寂寞，機會湊泊，意愜價洽，片紙隻字都收來織夢，求的不外是騙騙自己，覺得養起了『長劍一杯酒、高樓萬里心』的那一縷乾坤清氣。」[68]年歲過去，還就地、堅持地也就是一生的愛好盼想了。這還是不免回到教養之上，中國文人的養成原是禮樂射御書數全才，董橋回顧半生，仍回憶舊日的庭訓家教，《這一代的事》寫那些他有幸被照拂的溫煦陽光：

父親坐在書房裏靠窗那堂軟墊沙發上，兩手捧著一盞新沏的鐵觀音，白煙裊裊，淒淒切切半蒙住他那張有風有霜的臉。沙發的藍絨底子灑滿翠綠竹葉，襯著窗外一叢幽篁，格外見出匠心。因是雨後黃昏，院子那邊的荷塘傳來幾聲蛙鳴，書房反而更顯寂靜了。十八歲少年屏息站在沙發四五步外的紫檀木書桌邊，不必抬頭都背得出左壁上掛的一幅對子：「南雲望氣千重紫，華露羅香萬畝蘭」；右邊盆景花架後面那一幅則是：「傳家有道惟存厚，處世無奇但率真」。朝南花格圓窗兩側整整齊齊立看一對烏木玻璃書櫥，小時候父親一出門，總是偷偷翻遍櫥裏的舊書和存畫，宋代花鳥明人山水清朝碑帖自忖都可以閉著眼睛臨出來。[69]

舊家庭訓淺移默化，養成一生志業。沈從文先生遭逢變故，隱身歷史博物館，退回內心安定的所在：談陶瓷、談染纈、談蜀錦，像回到十八歲在湘西統領官身邊那個「學歷史的地方」。[70]王世襄先生歷經三反困蹇，年近九十，為己書《儷松居長物志——自珍集》作序時說：「自年前整理去而復還之身外長物，編成此集，不禁又有感焉。其中有曾用以說明傳統工藝之製作，有曾用以辨正文物之名稱，有曾對坐琴案，隨手撫弄以賞其妙音，有曾偶出把玩，藉得片刻之清娛。蓋皆多年來伴我二人律己自珍者。又因浩劫中目睹輦載而去，當時泰然處之，未嘗有動於中。但頓悟人生價值，不在據有事物，而在觀察賞析，有所發現，有所會心，使上升成為知識，有助文化研究與發展。此豈不正是多年來堅守自珍，孜孜以求者。吾集題名『自珍』，此為又一緣由。」[71]

董橋作品中唯一一部集「字」之書——《字裏相逢》（圖 6-12）寫到：

溥心畬先生說做人第一，讀書第二，書畫祇是游藝，不可捨本而求末。江兆申拜溥先生做老師學畫畫，溥先生要他寫詩，寫字，說「我沒有從師學過畫。把字寫好，詩做好，作畫並不難」。這裏頭蘊涵兩層心願：寫字練習運筆的技巧；做詩供養胸中的韻致，有了技巧有了韻致畫畫不會俗到哪裏去。技巧不難苦練，韻致倒要靠三分脾性七分涵養了。脾性要天生骨子裏不帶俗氣；涵養求的是多讀書，學風雅，溺愛天底下所有的美，美的山川，美的音色，美的缺陷，美的殘簡，美的斷垣，美的心意，美的叮嚀，美的回眸。[72]

做人第一，游藝以志道，此中存真意。

七、翫物人生

董橋說：「古玩聚散的故事往往給古玩染上薄薄一層動人的滄桑。」[73]然而，這動人的滄桑往往並非僅是時間的痕跡，翫物人生，甜時如醉，但畢竟無常，小則磕碰，大則灰飛煙滅，每每是用個人的一段時光或一生際遇，為文物添了一層包漿。

有志於賞翫者，悠遊一生，起起伏伏，能得見或者擁有，皆似命數。近年文物拍賣市場的紅火現象，無疑顯露賞玩的幾許荒謬亂象；作家嘗論「近年中國大陸富起來了，藝術的世俗功能也多起來了，萬竿空心的商機掀起滿街嫁妹的投資，風塵裏的三俠一心追尋的更是後園撲蝶的浪興，字畫炒成天價不必說，古玩行業通稱雜項的竹木牙角也都從書齋多寶格上的怡情雅玩變身成了銀行保險箱裏的萬貫家業。世道如此，像我這樣迷戀骸骨的老派人多年好古之敏求雖也幾經善價而沽的誘惑，畢竟坊間老東西實在比晨星還少，再不守住樟木箱子裏那幾件華麗的滄桑，我跟漢生這幫臭老九還就有幾絡清風、幾暈月色陪我們老去？」[74] 對於賞玩路途上的風雨陰晴，頗有感慨。

《老子‧二十一章》有云：「道之為物，惟恍惟惚。惚兮恍兮，其中有象。」董橋一生涵養於文物文玩，且書寫不怠，他能否為「游藝志道」一事，解答那恍惚之間可借鑑的「道」呢？〈玉琮〉內調笑可愛的語句念叨：

「姓董的，你知道沈周是誰嗎？」荷師娘問我。

「明朝的沈石田，唐伯虎祝枝山忘年之交。」

「見過唐伯虎的詩畫嗎？」

「見過。」

「喜歡不？」

「疏鬆，沒有沈石田細緻。」

「因此唐伯虎只活到五十四，沈周活到八十三！」

荷師娘顯然故意考我，收尾那句我銘記到老。我這一代人少小年紀僥倖沾到了舊時代些許遺緒，舊書堆裏和大人話中撿了不少杏仁餅屑，人前聊天倉促間還能應一應急。[75]

沈周何人？唐寅何人？創作者與文物的品氣或珍貴處，其所承載的知識訊息與身世故事，在相遇的時光中，能否與我們感知、交通。董橋悠遊中國文物，多少藏家與藏品在眼前經過，作家寫下的一頁頁如懺情錄，或是「給下一輪太平盛世的啟示錄」[76]。藝術品為物，終究「石不能言」[77]，而或靜或躁的翫物人生，究竟說了什麼？

從「物」中學習的，首先倒是得與捨了！

桑簡流先生說愛書玩書的人是快樂的人也是苦惱的人：遇見了，快樂；買不起，苦惱。還有明清文玩，倫敦精品不少，那是另一種快樂另一種苦惱。今天國際拍賣會幾萬英鎊一件明清雜項那年月幾百英鎊一定買得到。桑先生說人生就那樣折騰老了。[78]

凌先生說「文如宮雖然為人慷慨，但清貧書生，一生節儉」，遇見喜愛的古董不買後悔，買也後悔：「前日在後門一舊貨鋪見一玉壺，製作古雅，類唐宋物，心頗好之。問之價，過昂不能得，然念之不忘。今日復往問之，則昨日已賣與海王邨雅韻齋矣！遂以電話詢之雅韻齋，以原價三十金仍歸於我。云好事未免玩物喪志，此亦不節之一端也，悔之無已。今書於此，一則以戒後人，一則自戒。開春以後萬不肯再作此無益浪費矣！」[79]

日記裏還有一則說他在雅韻齋見到銀銅香盒，大明成化年萬家楷書八字款，制度並不精妙，確為宮禁中物，盒裏塗金，當是萬貴妃禮佛所用，帶回家中放在案頭一再欣賞，很想買下，可惜價錢太貴了：「此時救饑不暇，亦不宜吉此閑情也，擬退還之」。玩古玩字畫的人都一樣，遇見心頭肉不買後悔買也後悔的經歷多極了。[80]

繁縟錄下原文，便可顯露人與物相遇過程中，其渴求與佔有心情是如何千迴百轉，得之我幸，不得我命！其求之不得，輾轉反側的苦，只有癡愛者能得箇中三昧。董橋宮筆細寫此類過程，精簡不一，著作中不只有他人，更多是自己的經驗。

過程直如《涅槃經》所書八苦妙諦：生、老、病、死、愛別離，怨憎會、求不得、五盛陰苦；既如文物由創作到流傳，也似人與物的際遇。捨與不捨，在董橋筆下，恍若追尋美景的過程：「午後郊區的艷陽照綠了一排老樹，冷冷的微風頓時滲出一陣暖意：帶著期待的人生比輕易擁有充實，獵字獵畫的過程於是比字畫的歸附多了兩分情趣。」[81]也可以如〈嘉靖兩枚蒸餅〉中，朋友手上兩件仍捨不得賣的大明嘉靖款的雲龍漆器。（圖6-13）董橋淡淡寫：「說不準哪一天我們都看開了，他捨得讓出雲龍，我樂意湊些銀兩，一拍兩聚。那也是人生。」[82]然而，其情愛糾纏，卻如〈鶴頂紅〉中寫載高先生自一堆紫檀匣裏找出，明末清初傳世稀少的鶴頂紅扳指，一段繾綣數年的因緣，十分動人。文中兩人對話：

「古董像人，聚散天定！」

「緣盡之日，注定轉手。」[83]

傳世珍品，愛之惜之，珍玩寶愛，日日盤挲，「那件扳指蜂蜜色，像老象牙，波紋細如髮絲，正面一片紅，包漿老得都沉進肌骨裏去了，握在手中溫暖醉人。」[84]捨與得，都成就文物濃郁醇美包漿。

除此之外，爬梳董氏文集，品其筆下各類人與物的故事，一則一則如《幽夢影》、《世說新語》雋語似的文物啟示錄；如他所言「人生不是八音盒，搜獵老文物也許只是為了給人生配製幾段貼心的旋律。」[85]此旋律內，向文物學謙卑，必是主旋律之一。〈山館舊影〉裏沈迷英美小說、電影的同好；因小偷光顧，丟了不少文物，只得戒買戒玩的友人，深解「古物都有靈氣，聚散自有定數，不宜強求，不宜強守，你信不信？」[86]為自己書齋命名：「小滿」，其故為何？正因：

「麥之氣至此方小滿而未熟也」，明代《七修類稿》裏說的「四月中，小滿者，物至於此，小得盈滿」：「我這一代人在離亂中成長，做學問總嫌稍得盈滿而未熟，山館叫小滿無非提醒自己閱歷學歷還青澀得很，千萬緊記要用功，要學，要謙卑！」他說。他喜歡我稱呼他小滿先生，說乾脆取個小號叫「滿之」也好聽。[87]

一代人的顛沛流離，物換星移，無從掌握，於是從中學習謙卑。民國大藏家張伯駒，出身富貴，在民國動盪中因緣際會，得遇千百年來中國最精湛的文物，據《叢碧書畫錄》所載過眼經手書畫總數不少於一百件，然而，新中國建立，不過換得獎狀一紙。[88]董橋引《陶庵夢憶》西陵腳夫一事，對照自己所收藏的張伯駒潘素夫婦作品：

西陵腳夫為人擔酒，失足破了酒甕，賠不起，痴坐佇想：「要是夢便好！」張伯駒靈魂深處的「腐朽」正是一只破了的酒甕，他情願把人生這齣冤案當成一齣《驚夢》，不然他也寫不出那麼漂亮的詞曲了。我這幅《墨梅圖》他只鈐了一方朱文印章：「叢碧詞人」。[89]

雖說求仁得仁，但人生曲折，如何自處？所做之事堪稱大忠大義，但亂世如轟，只能素面相對，必須謙卑。《叢碧書畫錄》序言：

> 東坡為王駙馬晉卿作寶繪堂序，以煙雲過眼喻之。然雖煙雲過眼，而煙雲固長鬱於胸中也。[90]

董橋〈硯邊絮語〉記銀行家胡先生，曾出力使王獻之〈中秋帖〉回到北京故宮，家藏恭王府紫檀家具轉贈臺北故宮博物院，多年收集珍藏的明清瓷器捐與香港中文大學，此等風範的大藏家，「對藝術懷抱一股近乎苛求的戀執」，將自己的藏寓取名「暫得」：

> 「暫得樓」堂號取的是王羲之〈蘭亭序〉裏那句「欣于所遇，暫得於己，快然自足」，借十二個字寄托此生鑒賞古器的喜悦之情，原意似乎不盡然是『art ownership is transient』的煙雲之思。范先生說胡先生晚年隱逸終日，愛說興緻不在藝術與收藏了，有一天還給范先生留了一紙字條抄錄《道德經》裏一句「甚愛必大費，多藏必厚亡。」[91]

在董橋文中，我們屢屢可見這類大家，個個以其人生印證何為「欣於所遇」，近乎癡迷，不知老之將至。然而，傳奇背後，他們留下的回顧，恐怕更是一針見血的警世箴言。

於是，翫物人生留下的啟示，除了得捨、謙卑之外，滋養情懷，亦極其重要。我們在董橋文中經常可見歷史的大家大族，文玩古董合該在他們手中流連，但撐起整體文化流傳與教養的，畢竟是滿滿二十五史的文人與熱愛美的文化人。作家更多叨叨絮語，在文章裏屢見長輩的叮嚀，也似說給自己聽。〈雪齋貝子的集錦扇〉中（圖6-14），江兆申先生告訴他：

> 閥閱之家金銀滿屋，藏古輕而易舉，羅列逞富，無暇思研；清寒之士集藏得之甚難，朝夕相對，悉心體悟，所入必深：「老弟隨緣進退，量力取捨，正可解憂」。[92]

收藏古字畫古玉器的袁先生，他與物的相遇傳奇寫在〈袁先生的玉老虎〉，集存幾十年的古玉器畢竟是他不渝的真愛。然而，近年中外收藏界瘋的是雪白的白玉，舊工新工不計較，天價買賣的大半甚至是清末到當代的白玉件，他說：「我不知道不帶風霜沒有滄桑的玉器有什麼好玩賞？」[93]作品中出場次數頻繁的沈茵，人到香港，仍惦記著取回舅舅定做的三雙布鞋。董橋與她笑說：「舅舅合該一輩子買賣古玩字畫了：『一輩子鎖在老歲月的鬢影墨痕中偏乎其激！』沈茵幽幽一笑，難掩憐念之情。偏激真好。」[94]偏激，換個說法，是《蘭亭集序》的「靜躁不同，當其欣於所遇，暫得於己，快然自足，不知老之將至。」，更是《牡丹亭》的「情不知所起，一往而深」了。

「潔素瑩然，甚適於心」[95]，從感性到審美，從涵蘊個人到文化教養，游於藝且適於心，借董橋作品，探看賞翫心事：

不會懷舊的社會注定沉悶、墮落。
沒有文化鄉愁的心井注定是一口枯井。[96]

1 董橋：《記得》（香港：牛津大學出版社，二〇一〇年），頁三五〇。

2 楊家駱主編：《藝術叢編第一集・燕閑清賞箋一卷明高濂撰》，（臺北：世界書局，一九八八年），頁三六七。

3 董橋：《橄欖香》（香港：牛津大學出版社，二〇一一年），頁七。

4 同上。

5 董橋：「包漿又稱寶漿，是說歲數老的古器物人手長年摩挲，表層慢慢流露凝厚的光熠，像貼身佩帶的古玉器化出了一層歲月的薄膜，輕輕抹一抹，沉實潤亮的舊氣乍然浮現，好古之人講究這番古意。」見《故事》（香港：牛津大學出版社，二〇〇六年），頁二八。

6 董橋：《橄欖香》（香港：牛津大學出版社，二〇一一年），頁六。

7 董橋：《故事》（香港：牛津大學出版社，二〇〇六年），頁一六九。

8 參見江學瀅：〈由過渡性客體的觀點看美術班青少年珍藏品之意義〉，《國際藝術教育學刊》（臺北：國立臺灣藝術教育館，二〇一四年），頁一五〇—二〇五。

9 董橋：《景泰藍之夜》（香港：牛津大學出版社，二〇一〇年）頁五七、五八。

10 董橋：《蘋果樹下》（香港：牛津大學出版社，二〇一六年），頁一五一。

11 董橋：《一紙平安》（香港：牛津大學出版社，二〇一二年），頁四。

12 董橋：《從前》（香港：牛津大學出版社，二〇〇二年），頁一五二。

13 董橋：《蘋果樹下》（香港：牛津大學出版社，二〇一六年），頁一三五。

14 見《聯合報》（臺北，二〇一八年四月二十六日），C8版。

15 董橋：《蘋果樹下》（香港：牛津大學出版社，二〇一六年），頁一七八。

16 董橋：《這一代的事》（香港：牛津大學出版社，二〇一五年）頁一一四。

17 參見黃錦樹《馬華文學與中國性》，臺北：麥田出版，二〇一二年。

18 李亦園：〈從民間文化看文化中國〉，《文化中國》（臺北：允晨文化，一九九四年），頁一二。

19 葉啟政：〈期待黎明——對近代中國文化出路之主張的社會學初析〉，《文化中國》（臺北：允晨文化，一九九四年），頁八四。

20 參見董橋：〈吉慶棧遺聞〉，《景泰藍之夜》（香港：牛津大學出版社，二〇一〇年），頁七〇—七六。

21 董橋：〈紫薇園〉，《橄欖香》（香港：牛津大學出版社，二〇一一年），頁七七。

22 董橋：《一紙平安》（香港：牛津大學出版社，二〇一二年），頁五。

23 趙靜蓉：《懷舊：永恆的文化鄉愁》（北京：商務印書館，二〇〇九年），頁五。

24 董橋：《故事》（香港：牛津大學出版社，二〇〇六年），頁二二七。

25 董橋：《從前》（香港：牛津大學出版社，二〇〇二年），頁五、六。

26 董橋：《蘋果樹下》（香港：牛津大學出版社，二〇一六年），頁一四一。

27 村上春樹：《開往中國的慢船》（臺北：時報文化，一九九八年），頁八。

28 董橋：《橄欖香》（香港：牛津大學出版社，二〇一一年），頁一六五。

29 董橋：《一紙平安》（香港：牛津大學出版社，二〇一二年），頁七七、七八。

30 董橋：《故事》（香港：牛津大學出版社，二〇〇六年），頁四四。

31 愛德華・薩依德（Edward W.Said）：《東方主義》，（臺北：立緒文化，一九九九年），頁二。

32 參見林秀玲：〈西方現代主義與中國藝術的接觸〉，《中外文學》期刊卷二十九第七期（臺北，二〇〇〇年十二月），頁六六—一〇四。

33 董橋：《故事》（香港：牛津大學出版社，二〇〇六年），頁七〇。

34 董橋：《一紙平安》（香港：牛津大學出版社，二〇一二年），頁一一。

35 愛德華．薩依德（Edward W.Said）：《東方主義》，（臺北：立緒文化，一九九九年），頁七。

36 董橋：《青玉案》（香港：牛津大學出版社，二〇〇九年），頁四九。

37 參見董橋：《青玉案》（香港：牛津大學出版社，二〇〇九年），頁一六八、一六九。

38 董橋：《青玉案》（香港：牛津大學出版社，二〇〇九年），頁六七。

39 董橋：《故事》（香港：牛津大學出版社，二〇〇六年），頁二四。

40 董橋：《蘋果樹下》（香港：牛津大學出版社，二〇一六年），頁一三六。

41 董橋：《景泰藍之夜》（香港：牛津大學出版社，二〇一〇年）頁五七、五八。

42 董橋：《景泰藍之夜》（香港：牛津大學出版社，二〇一〇年）頁六一。

43 董橋：《故事》（香港：牛津大學出版社，二〇〇六年），頁二四。

44 董橋：《蘋果樹下》（香港：牛津大學出版社，二〇一六年），頁一七〇、一七一。

45 董橋：《一紙平安》（香港：牛津大學出版社，二〇一二年），頁五六。

46 董橋：《故事》（香港：牛津大學出版社，二〇〇六年），頁七九。

47 董橋：《這一代的事》（香港：牛津大學出版社，二〇一五年），頁一、二。

48 董橋：《這一代的事》（香港：牛津大學出版社，二〇一五年），頁二。

49 參見楊家駱主編：《藝術叢編．觀賞彙錄（上）》（臺北：世界書局，一九八八年），頁一、二九九。

50 《論語．陽貨篇》：「子曰：『小子！何莫學夫詩？詩，可以興，可以觀，可以群，可以怨。邇之事父，遠之事君。多識於鳥獸草木之名。」』。

51 朱熹：《論語集注》述而第七。

52 參見袁濟喜：《承續與超越》（北京：首都師範大學出版社，二〇〇六年），頁七—九。文中論及從孔子到莊子的人生態度，如何影響中國文人的思維模式：「在莊子哲學中，『遊』也是指一種審美的最根本的人生態度。莊子說：『上與造物者遊，而下與外死生無終始者為友。』（《莊子。天下》）『乘天地之正，而禦六氣之辯，以無窮。』（《莊子。逍遙遊》）莊子所言之『遊』，就是擺脫了念，是非，到達了與天地物融為一體的自由境域。到了魏晉六朝時期，莊子所宣導的遊戲天地、超乎物欲的人生哲學成為士大夫所服膺的人生信條，也成為文藝創作的理論。如陸機《文賦》中談到創作開始時的想像過程是『其始也，皆收視反聽，耽思旁訊，精騖八極，心游萬仞』，這裏的『游萬仞』，便是以自由的審美心態去感受宇宙萬象。梁代史學家蕭子顯在《南齊書。文學傳論》中云：『文章者，情性之風標，神明之律呂也。蘊思念毫，遊心內運。放言落紙，氣韻天成，莫不秉以生靈，遷乎愛嗜。』《文心雕龍。神思篇》云：『故思理為妙，神與物遊。』這裏所說的『遊』，當然與莊子所說的『遊』有所不同，它主要是指一種藝術構思。」

53 董橋：《橄欖香》（香港：牛津大學出版社，二〇一一年），頁一四五、一四六。

54 董橋：《橄欖香》（香港：牛津大學出版社，二〇一一年），頁一四一、一四二。

55 董橋：《蘋果樹下》（香港：牛津大學出版社，二〇一六年），頁一六四。

56 袁濟喜：《承續與超越》（北京：首都師範大學出版社，二〇〇六年），頁一〇。

57 董橋：《從前》（香港：牛津大學出版社，二〇〇二年），頁一五二。

58 董橋：《青玉案》（香港：牛津大學出版社，二〇〇九年），頁六八、六九。

59 趙廣超：《筆紙中國畫》（香港：三聯書店，二〇〇三年），頁一七九。

60 董橋：《青玉案》（香港：牛津大學出版社，二〇〇九年），頁一〇三、一〇四。

61 董橋：《故事》（香港：牛津大學出版社，二〇〇六年），頁四。

62 董橋：《橄欖香》（香港：牛津大學出版社，二〇一一年），頁五六。

63 董橋：《故事》（香港：牛津大學出版社，二〇〇六年），頁一三。

64 董橋：《故事》（香港：牛津大學出版社，二〇〇六年），頁八〇。

65 董橋：《故事》（香港：牛津大學出版社，二〇〇六年），頁四、五。

66 董橋：《故事》（香港：牛津大學出版社，二〇〇六年），頁九九。

67 董橋：《故事》（香港：牛津大學出版社，二〇〇六年），頁七〇。
68 董橋：《從前》（香港：牛津大學出版社，二〇〇二年），頁二七五。
69 董橋：《這一代的事》（香港：牛津大學出版社，二〇一五年），頁一四一。
70 參見沈從文：《花花朵朵　罈罈罐罐——沈從文談藝術與文物》序言，（南京：江蘇美術出版社，二〇〇二年），頁三。
71 王世襄：《儷松居長物志——自珍集》（北京：生活．讀書．新知三聯書局，二〇〇七年），頁六。
72 董橋：《字裏相逢》（香港：牛津大學出版社，二〇一五年），頁一一，該書收集董橋書法，故筆者稱其為集「字」之書。
73 董橋：《故事》（香港：牛津大學出版社，二〇〇六年），頁八〇。
74 董橋：《故事》（香港：牛津大學出版社，二〇〇六年），頁一四。
75 董橋：《橄欖香》（香港：牛津大學出版社，二〇一一年），頁一三七、一三八。
76 （義大利）伊塔羅．卡爾維諾：《給下一輪太平盛世的啟示錄》，（臺北：時報文化，一九九六年）
77 陸游〈閑居自述〉詩：「自許山翁懶是真，紛紛外物豈關身？花如解笑還多事，石不能言最可人。」
78 董橋：《橄欖香》（香港：牛津大學出版社，二〇一一年），頁一二七。
79 董橋：《一紙平安》（香港：牛津大學出版社，二〇一二年），頁一二〇。
80 董橋：《一紙平安》（香港：牛津大學出版社，二〇一二年），頁一二一。
81 董橋：《故事》（香港：牛津大學出版社，二〇〇六年），頁一五五。
82 董橋：《青玉案》（香港：牛津大學出版社，二〇〇九年），頁七五。
83 董橋：《橄欖香》（香港：牛津大學出版社，二〇一一年），頁九八。
84 董橋：《橄欖香》（香港：牛津大學出版社，二〇一一年），頁九八。
85 董橋：《故事》（香港：牛津大學出版社，二〇〇六年），頁一七〇。

86 董橋：《青玉案》（香港：牛津大學出版社，二〇〇九年），頁六三。
87 董橋：《青玉案》（香港：牛津大學出版社，二〇〇九年），頁五八。
88 張伯駒：《張伯駒集》（上海：上海古籍出版社，二〇一三年），頁五九九—六二六。
89 董橋：《故事》（香港：牛津大學出版社，二〇〇六年），頁一〇。
90 張伯駒：《張伯駒集》（上海：上海古籍出版社，二〇一三年），頁五九七。
91 董橋：《故事》（香港：牛津大學出版社，二〇〇六年），頁六五。
92 董橋：《故事》（香港：牛津大學出版社，二〇〇六年），頁一五九。
93 董橋：《青玉案》（香港：牛津大學出版社，二〇〇九年），頁一九三。文物，是時間與歷史的產物。董橋的〈景泰藍之夜〉也寫過：「其實，清代掐絲琺瑯儘管釉質更見鮮亮，氣和傷缺依然不少，那是歲月的印記。真的光骨無瑕反倒擔心是新仿的了！」
94 董橋：《故事》（香港：牛津大學出版社，二〇〇六年），頁一五六。
95 臺北故宮博物院黃蘭茵所策展明永樂皇帝瓷器特展——「適於心」，引《明太宗實錄》永樂四年十月丁未條記：「回回結牙思進玉碗，上不受，命禮部賜砂遣還。謂尚書鄭賜曰：『朕朝夕所用中國瓷器，潔素瑩然，甚適於心，不必此也。』」為主標題。永樂寶愛瓷器，尤其開創「甜白」一系，「潔素瑩然」是其美學品味，「甚適於心」可見其心悠遊，拒絕回回所進玉碗，則可見其心底文化所繫了。
96 董橋：《這一代的事》（香港：牛津大學出版社，二〇一五年），頁一五一。

參考書目

〔宋〕李伯時《叢書集成簡編》，臺北：臺灣商務印書館，一九六六年
〔宋〕李清照《李清照集校注》，臺北：漢京文化事業有限公司，二〇〇四年
〔宋〕郭若虛《圖畫見聞志》，《宋人畫學論著》，臺北：世界書局，一九九二年
〔宋〕郭熙、郭思《林泉高致》，《宋人畫學論著》，臺北：世界書局，一九九二年
〔宋〕曾慥編《樂府雅詞六卷附拾遺二卷》，《叢書集成新編》，臺北：新文豐出版社，一九八五年
〔宋〕湯垕《畫鑒》《景印文淵閣四庫全書．子部．藝術類一．書畫之屬》，臺北：臺灣商務印書館，一九八四年
〔宋〕趙希鵠《洞天清錄集》，《觀賞彙錄（上）》，臺北：世界書局，一九八八年
〔宋〕歐陽修、宋祁《新唐書．張嘉貞列傳第五十二》，北京：中華書局出版，一九七五年
〔宋〕蔡絛《鐵圍山叢談》，《叢書集成新編》，臺北：新文豐出版社，一九八五年
〔宋〕蘇易簡《叢書集成簡編》，臺北：臺灣商務印書館，一九六五年
〔明〕文震亨《長物志》，重慶：重慶出版社，二〇〇八年
〔明〕呂柟編《二程子抄釋卷一》，《景印文淵閣四庫全書．子部儒家類二》，臺北：臺灣商務印書館，一九八四年
〔明〕陳繼儒《妮古錄》，《觀賞彙錄（下）》，臺北：世界書局，一九八八年

〔明〕焦竑《焦氏筆乘》，北京：中華書局，二〇〇八年

〔明〕黃淮、楊士奇等《歷代名臣奏議，四》，臺北：臺灣學生書局，一九六四年

〔唐〕張彥遠《中國歷代畫論采英》，楊大年編，南京：江蘇教育出版社，二〇〇五年

〔清〕李斗《揚州畫舫錄：插圖本》，北京：中華書局，二〇〇七年

〔清〕李漁《閑情偶寄》，重慶：重慶出版社，二〇〇八年

〔清〕葉夢珠撰《閱世編》，北京：中華書局，二〇〇七年

（美）凡勃倫Thorstein Veblen《有閑階級論》，北京：商務印書館，二〇一六年

（美）威廉・皮埃茲William Pietz《物質文化讀本》，北京：北京大學出版社，二〇〇八年

（美）高居翰James Cahil《中國繪畫史》，臺北：雄獅圖書股份有限公司，二〇〇六年

（美）理查德・舒斯特曼著　，彭鋒等譯《生活即審美：審美經驗和生活藝術》，北京：北京大學出版社，二〇〇七年

（美）愛德華・薩依德Edward W.Said《東方主義》，臺北：立緒文化，一九九九年

（英）柯律格Craig Clunas《中國藝術》，上海：上海人民出版社，二〇一二年

（英）柯律格Craig Clunas《長物志研究：近代早期中國的物質文化與社會地位》《*Superfluous Things: Material Culture and Social Status in Early Modern China*》，University of Hawai'I Press，一九九一年

（英）柯律格Craig Clunas《雅債：文徵明的社交性藝術》，北京：生活・讀書・新知 三聯書局，二〇一二年

（英）柯律格Craig Clunas《雅債：文徵明的社交藝術》，石頭出版股份有限公司，二〇〇九年

（英）科律格Craig Clunas《長物—早期現代中國的物質文化與社會狀況》，北京：生活・讀書・新知三聯書店，二〇一五年

（英）約翰・柏格John Berger《觀看的方式》《*Ways of Seeing*》，麥田出版，二〇〇五年

（義大利）伊塔羅・卡爾維諾《給下一輪太平盛世的啟示錄》，臺北：時報文化，一九九六年

（德）華特・班雅明 Walter Benjamin《迎向靈光消失的年代》，臺北：臺灣攝影工作室，一九九九年

（德）華特・班雅明 Walter Benjamin《班雅明作品選——單行道、柏林童年》，臺北：允晨文化，二〇〇三年

（德）華特・班雅明 Walter Benjamin《說故事的人》，臺北攝影工作室，一九九八年

（德）雷德侯Lothar Ledderose《萬物：中國藝術中的模件化和規模化生產》，北京：生活・讀書・新知三聯書局，二〇一二年

《宋史》，《景印文淵閣四庫全書・正史類》，臺北：臺灣商務印書館，一九八四年

Tim Dent《*Material Culture in the Social World*》《物質文化》，臺北：書林出版有限公司，二〇〇九年

卜正明Timothy Brook《縱樂的困惑：明代的商業與文化》《*The Confusions of Pleasure: Commerce and Culture in Ming China*》，北京：生活・讀書・新知三聯書店，二〇〇五年

中國嘉德二〇一〇春季拍賣會《金錯花鐫——宮廷陳設掐絲琺瑯》圖錄，北京：嘉德，二〇一〇年

中國嘉德二〇一三春季拍賣會《案上雲煙——文房雅玩》圖錄，北京：嘉德，二〇一三年

中國嘉德二〇一三春季拍賣會《清雋明朗——明清古典家具》圖錄，北京：嘉德，二〇一三年

卞之琳《人與詩：憶舊說新》，合肥：安徽教育出版社，二〇〇七年

文學鑒賞辭典編纂中心編《宋詩三百首鑒賞辭典》，上海：上海辭書出版社，二〇〇七年

王世襄《儷松居長物志——自珍集》北京：生活・讀書・新知三聯書局，二〇〇七年

王安憶《上種紅菱下種藕》，臺北：麥田出版，二〇〇六年

王安憶《小說家的讀書密碼》，臺北：麥田出版，二〇〇六年

王安憶《小說與我》，桂林：廣西師範大學出版社，二〇一七年

王安憶《天香》，臺北：麥田出版，二〇一一年

王安憶《長恨歌》，臺北：麥田出版，一九九六年

王安憶《故事和講故事》，江蘇：浙江文藝出版社，一九九二年

王安憶《紀實與虛構》，臺北：麥田出版，一九九六年
王安憶《茜紗窗下》，臺北：麥田出版，二〇一〇年
王安憶《啟蒙時代》，臺北：麥田出版，二〇〇七年
王安憶《遍地梟雄》，臺北：麥田出版，二〇〇五年
王德威、黃錦樹編《原鄉人：族群的故事》，臺北：麥田出版，二〇〇四年
王德威、黃錦樹編《想像的本邦：現代文學十五論》，臺北：麥田出版，二〇〇五年
王德威《小說中國》，臺北：麥田出版，一九九三年
王德威《天香》，臺北：麥田出版，二〇一一年
王德威《如何現代，怎樣文學？——十九、二十世紀中文小說新論》，臺北：麥田出版，一九九八年
王德威《後遺民寫作》，臺北：麥田出版，二〇〇七年
王德威《茅盾，老舍，沈從文：寫實主義與現代中國小說》，臺北：麥田出版，二〇〇九年
王德威《現代「抒情傳統」四論》，臺北：臺灣大學出版中心，二〇一一年
王德威《被壓抑的現代性：晚清小說新論》，臺北：麥田出版，二〇〇三年
王德威《歷史與怪獸：歷史，暴力，敘事》，臺北：麥田出版，二〇〇四年
王錫榮、喬麗華選編《藏家魯迅》，上海：上海文化出版社，二〇〇九年
王鴻泰《新史學》十七卷四期，臺北：三民書局，二〇〇六年
史景遷Jonathan D. Spence《前朝夢憶——張岱的浮華與蒼涼》，臺北：時報文化，二〇〇九年
何其芳《回望周作人叢書：周氏兄弟》，開封：河南大學出版社，二〇〇四年
余佩瑾主編《品牌的故事：乾隆皇帝的文物收藏與包裝藝術》，臺北：國立故宮博物院，二〇一七年
吳立昌《人性的治療者——沈從文傳》，臺北：業強出版社，一九九四年
吳樹《誰在收藏中國》，臺北：漫遊者文化事業股份有限公司，二〇〇九年

吳樹《誰在拍賣中國》，臺北：漫遊者文化事業股份有限公司，二〇一〇年
巫仁恕《九川學林》五卷四期，香港：香港城市大學中國文化中心，二〇〇七年
巫仁恕《品味奢華：晚明的消費社會與士大夫》，臺北：中央研究院／聯經，二〇〇七年
巫仁恕《奢侈的女人：明清時期江南婦女的消費文化》，臺北：三民書局，二〇〇五年
李孝悌《戀戀紅塵：中國的城市、慾望與生活》，臺北：一方，二〇〇二年
杜衛主編《中國現代人生藝術化思想研究》，上海：上海三聯書店，二〇〇七年
汪曾祺《人間草木——汪曾祺談草木蟲魚散文四十一篇》，濟南：山東畫報出版社，二〇〇六年
汪曾祺《五味：汪曾祺談吃散文32篇》，濟南：山東畫報出版社，二〇〇五年
汪曾祺《文與畫》，濟南：山東畫報出版社，二〇〇五年
汪曾祺《汪曾祺：文與畫》，濟南：山東畫報出版社，二〇〇七年
汪曾祺《汪曾祺說戲》，濟南：山東畫報出版社，二〇〇六年
汪曾祺《汪曾祺談師友》，濟南：山東畫報出版社，二〇〇七年
沃爾夫岡・韋爾施《重構美學》，上海：上海譯文出版社，二〇〇六年
沈從文，張兆和《沈從文家書：1930-1966從文、兆和書信選》，臺北：臺灣商務印書館，一九九八年
沈從文《沈從文小說選》，北京：人民文學出版社，二〇〇四年
沈從文《沈從文集》，北京：中國社會科學出版社，二〇〇七年
沈從文《花花朵朵 罈罈罐罐——沈從文談藝術與文物》，南京：江蘇美術出版社，二〇〇二年
沈從文《從文自傳》，北京：北京十月文藝出版社，二〇〇八年
沈從文《湘行散記》，北京：北京十月文藝出版社，二〇〇八年
沈從文《舊時風物》，瀋陽：萬卷出版公司，二〇一八年
沈德符《萬曆野獲篇》，臺北：偉文，一九七六年

周作人《永日集》，臺北：里仁書局，一九八二年
周作人《自己的園地》，臺北：里仁書局，一九八二年
周作人《周作人書信》，臺北：里仁書局，一九八二年
周作人《明人小品集》，臺北：金楓出版社，一九八七年
周作人《知堂乙酉文編》，臺北：里仁書局，一九八二年
周作人《知堂回想錄：周作人晚年自述傳》，合肥：安徽教育出版社，二〇〇八年
周作人《看雲集》，臺北：里仁書局，一九八二年
周作人《苦茶隨筆》，臺北：里仁書局，一九八二年
周作人《苦茶雜記》，臺北：里仁書局，一九八二年
周作人《風雨談》，臺北：里仁書局，一九八二年
周作人《書房一角》，臺北：里仁書局，一九八二年
周作人《談虎集·下卷》，臺北：里仁書局，一九八二年
周作人選《明人小品集》，臺北：淡江書局，一九五六年
周作人選《明人小品集》，臺北：金楓出版社，一九八七年
周蕾《婦女與中國現代性——東西方之間閱讀記》，臺北：麥田出版，一九九五年
孟悅，羅鋼《物質文化讀本》，北京：北京大學出版社，二〇〇八年
林亦英等編輯《華容世貌》，香港：香港大學美術博物館，二〇〇一年
邱世華等《偽好物：16至18世紀蘇州片及其影響》，臺北：國立故宮博物院，二〇一八年
侯怡利主編《集瓊藻：院藏珍玩精華展》，臺北：國立故宮博物院，二〇一四年
俞瑩編著《文房賞玩》，上海：上海人民美術出版社，一九九七年
唐魯孫《老古董》，臺北：大地出版社，二〇〇〇年

夏志清《中國現代小說史》，香港：友聯出版社，一九七九年
孫郁、黃喬生主編《回望周作人叢書》，開封：河南大學出版社，二〇〇四年
孫郁《魯迅藏畫錄》，廣州：花城出版社，二〇〇八年
孫機《中國古代物質文化》，臺北：華品文化，二〇一七年
徐飆《兩宋物質文化引論》，南京：江蘇美術出版社，二〇〇七年
袁濟喜《承繼與超越》，北京：首都師範大學出版社，二〇〇六年
馬健主編《藝術品市場的經濟學》，臺北：崧博出版事業有限公司，二〇一七年
國立故宮博物院編輯委員會《明中葉人物畫四家特展——杜堇、周臣、唐寅、仇英》，臺北：故宮博物院，二〇〇〇年
國立故宮博物院編輯委員會編著《宋代書畫冊頁名品特展》，臺北：國立故宮博物院，一九九五年
張中行等著《奇人王世襄：名人筆下的儷松居主人》，北京：生活·讀書·新知三聯書店，二〇〇七年
張菊香，張鐵榮編著《周作人年譜，1885-1967》，天津：天津人民出版社，一九九九年
張愛玲《流言》，臺北：皇冠文化，一九九七年
張錯《西洋文學術語手冊：文學詮釋舉隅》，臺北：書林，二〇〇五年
張錯《雍容似汝——陶瓷、青銅、繪畫薈萃》，臺北：藝術家出版社，二〇〇八年
曹雪芹《校定本紅樓夢》，臺北：中國文化大學中文研究所，一九八三年
章用秀編著《名家收藏趣談》，南昌：江西美術出版社，二〇〇五年
陳平原《中國散文小說史》，臺北：二魚文化，二〇〇五年
陳平原《觸摸歷史與進入五四：一場遊行·一份雜誌·一本詩集》，臺北：二魚文化，二〇〇三年
陳永怡《近代書畫市場與風格遷變：以上海為中心》，北京：光明日報出版社，二〇〇七年
陳永國主編《視覺文化研究讀本》，北京：北京大學出版社，二〇〇九年

陳約宏《古雅別致》，臺北：飛燕印刷有限公司，二〇〇五年
凱特布Kateb George《現代人論烏托邦》，臺北：聯經，一九八六年
單國強《明代繪畫史》，北京：人民美術出版社，二〇〇一年
揚之水《終朝采藍：古名物尋微》，北京：生活・讀書・新知三聯書局，二〇〇八年
程光煒編《周作人評說 80年》序言，北京：中國華僑出版社，一九九九年
費修珊・勞德瑞《見證的危機——文學・歷史與心理分析》，臺北：麥田出版，一九九七年
費振鐘《墮落時代》，新北市新店區：立緒文化事業有限公司，二〇〇二年
黃振民選《歷代詩評註》，臺北：大中國圖書出版，一九九四年
黃錦樹《文與魂與體：論現代中國性》，臺北：麥田出版，二〇〇六年
黃錦樹《馬華文學與中國性》，臺北：麥田出版，二〇一二年
黃錦樹《謊言或真理的技藝：當代中文小說論集》，臺北：麥田出版，二〇〇三年
楊大年編著《中國歷代畫論采英》，南京：江蘇教育出版社，二〇〇五年
楊家駱主編《新校本宋史并附編三種》，《中國學術類編》，臺北：鼎文書局，一九七九年
楊家駱主編《藝術叢編第一集　觀賞彙錄上冊》，臺北：世界書局，一九八八年
楊家駱主編《藝術叢編第一集　觀賞彙錄下冊》，臺北：世界書局，一九八八年
楊澤編《魯迅散文選》，臺北：洪範出版社，一九九五年出版
董橋《字裏相逢》，香港：牛津大學出版社，二〇一五
詹明信，Fredric Jameson《後現代主義與文化理論》，臺北：合志文化事業，一九八九年
廖寶秀文字撰述《也可以清心：茶器、茶事、茶畫》，臺北：故宮博物院，二〇〇二年
趙汝珍《大師經典：古玩鑒賞大師談》，安徽：安徽人民出版社，二〇一二年
趙克里《順天造物：中國傳統設計文化論》，北京：中國輕工業出版社，二〇〇八年

趙廣超《筆紙中國畫》香港：三聯書店，二〇〇三年
趙靜蓉《懷舊：永恆的文化鄉愁》北京：商務印書館，二〇〇九年
劉紀蕙《文化的視覺系統I：帝國—亞洲—主體性》，臺北：麥田出版，二〇〇六年
魯迅《魯迅全集》，臺北：谷風出版社，一九八〇年
魯迅《魯迅全集．而已集》，臺北：谷風出版社，一九八九年
錢理群《周作人論》，臺北：萬象圖書公司，一九九四年
錢漢東《錢漢東考古文選》，上海：上海辭書出版社，二〇一二年
戴吾三編著《考工記圖說》，濟南：山東畫報出版社，二〇〇七年
繆鉞等著《宋詩鑑賞辭典》序，上海：上海辭書出版社，一九八七年
魏塘、俞琰、長仁合輯《歷代詠物詩選》，臺北：清流出版社，一九七六年
蘇珊．桑塔格《土星座下》，臺北：麥田出版，二〇〇七年
顧炎武《天下郡國利病書》，臺北：老古文化事業公司，一九八一年

INK PUBLISHING
文學叢書 582

物志
——從古典到現代的文學「物」語

作　　者　鄭　穎
總 編 輯　初安民
責任編輯　宋敏菁
美術編輯　林麗華　黃昶憲
圖片提供　鄭　穎　牛津大學出版社　國立故宮博物院
校　　對　鄭　穎　宋敏菁

發 行 人　張書銘
出　　版　INK 印刻文學生活雜誌出版股份有限公司
新北市中和區建一路 249 號 8 樓
電話：02-22281626
傳真：02-22281598
e-mail：ink.book@msa.hinet.net
網　　址　舒讀網 http：//www.sudu.cc

法律顧問　巨鼎博達法律事務所
施竣中律師
總 代 理　成陽出版股份有限公司
電話：03-3589000（代表號）
傳真：03-3556521
郵政劃撥　19785090 印刻文學生活雜誌出版股份有限公司
印　　刷　海王印刷事業股份有限公司

港澳總經銷　泛華發行代理有限公司
地　　址　香港新界將軍澳工業邨駿昌街 7 號 2 樓
電　　話　(852) 2798 2220
傳　　真　(852) 2796 5471
網　　址　www.gccd.com.hk

出版日期　2018 年 10 月 31 日　初版
ISBN　978-986-387-263-4
定　價　330 元

＊本書圖片若有版權未盡事宜，煩請告知並連繫，謝謝！

國家圖書館出版品預行編目資料

物志——從古典到現代的文學「物」語／鄭穎著；
--初版，--新北市：INK印刻文學，
2018.10 面；14.8 × 21公分（文學叢書；582）
ISBN 978-986-387-263-4（平裝）
1. 中國文學　2. 文化研究
820　107016936